心里满了，就从口中溢出

[美] 桑顿·怀尔德 著
Thornton Wilder

黄七阳 译

九死一生

The Skin of Our Teeth

SPM 南方传媒 | 广东人民出版社
·广州·

目录

里打开我的箱子，摊开电脑和书，坐下来创作我关于家庭暴力的剧本《热恋》，在此之前，我已经花了几个月的时间进行调研和准备。

直到我真的到了我的小木屋，身处其中。当成员们单独待在自己的屋子时，他们做的第一件事就是阅读墙上的“碑文”：木板上留有之前在这间小屋创作的艺术家的签名。我逐一看着这些名字时，看到了他的签名：桑顿·怀尔德。

我极其兴奋，坐在小床上给自己打气。沃格尔，这次你最好写得再深刻一点：你可是在他住过的小屋里。一夜之间，我放弃了一直在进行的计划，开始创作一个全新的剧本《巴尔的摩华尔兹》。三周后，我带着第一稿走出了房间。

对于一个美国剧作家来说，一切都可以追溯到桑顿·怀尔德。我一次次重读他的剧本，看到他是如何轻巧地解决了舞台形式限制所造成的问题。当我们走进剧场时，我们该如何把控时间，使这项由演员、观众、布景、化装与造型共同组成的艺术融合成某种轻盈的存在？我们如何能使这些混乱的实际情况——排练、合成、首演——都化为精神力量？

神奇的是，我们如何一次又一次地忘记了。我们忘记了怀尔德的观念和观点；印象中，我们将他的作品归入青年时代的怀旧剧场，大家都是在高中、社区剧院中接触到这些作品，它们的内容无伤大雅，被作为经典提供给年轻读者。就好像怀尔德是戏剧界的蓖麻油或者遮掩药味的蜂蜜，书写着毫无感情，只对我们的道德有益的作品。然后我们在舞台上接触到他，他的样子未曾改变也不会变化：严肃且严厉，毫无愧意地直视人类的黑暗面。

在这版《九死一生》的前言中，我想面对的问题是，我们最杰出、最有生命力的戏剧家之一，为什么会被忽视到如此地步。因为再次阅读他的作品，无论是《我们的小镇》《九死一生》，还是短剧《漫长的圣诞晚餐》《希亚瓦萨号列车》，或《前往特伦顿与卡姆登的快乐旅程》——都无比令人惊讶。我每次读他的作品都会感到惊讶，惊讶于作品中的力量，惊讶于幽默和伤感的微妙融合，惊讶于他对抽象与移情的巧妙平衡。我会再次意识到自己从他那里得到过多少，我在他的作品中看到和戏剧前辈们相同的根基，他们都在影响着我的创作：弗里德里希·迪伦马特（Friedrich Dürrenmatt）、贝托尔特·布莱希特（Bertolt Brecht）、萨缪尔·贝克特（Samuel Beckett）、阿瑟·米勒（Arthur Miller）、爱德华·阿尔比（Edward Albee）、兰福德·威尔逊（Lanford Wilson）和约翰·格尔（John Guare）。

在某种程度上，遗忘怀尔德的影响是“俄狄浦斯式”的——我们在拒绝一位为我们提供了美国式语言的剧作家，他将过往的、欧洲的和亚洲的戏剧传统与深受“现实主义”影响（这种影响始终未曾消除）的美国戏剧糅合在了一起。他拆掉第四堵墙，让我们将注意力集中在本质上，几乎可以说是冷酷地要求我们关注戏剧本身，而不是那些道具和装饰，像百老汇剧院那种强加给观众的舞台机关效果。

忘记桑顿·怀尔德的影响是很讽刺的。他曾大度地将作品归功于詹姆斯·乔伊斯（James Joyce）的《芬尼根守灵夜》：“如果将来有作者因我的任何作品受益，我会非常高兴。文学更像一场火炬接力，而不是继承人之间的激烈争执。”他本着向乔伊斯的作品致敬的精神写了《九死一生》，却遭到了剽窃指控。亨利·莫顿·罗宾逊（Henry Morton Robinson）和约瑟夫·坎贝尔（Joseph Campbell）分别在1942年底和1943年初发表了两篇文章，其中提出的子虚乌有的指控，很可能使他错失了诺贝尔文学奖。在他为我们留下的所有财富中，最宝贵的一点或许就是，怀尔德坚信每一部新作品都是对前辈作家的回应，是在空间和时间上相隔甚远的两位作家的对话，而不是自顾自的“翻版”模仿。怀尔德或许借用过他人的形式，在戏剧宝库中自由汲取灵感，但他总是怀着感恩之心，以新的视角将新与旧结合起来。

过去三年，当我重温他的作品时，我意识到他正是我借鉴的作家，不是二手的，而是第三手的——因为他如此深刻地影响了后来作家们的作品。是怀尔德引领了火炬接力，而我们记住了最近的选手，却忘记了比赛最开始的领头运动员。在《我们的小镇》中有大胆对观众讲话的设计，我以为是田纳西·威廉斯（Tennessee Williams）的创造。在《九死一生》中，脆弱的第四堵墙被打破，一个家庭暴露在世界面前，《推销员之死》中也是如此。《九死一生》中还有一个跨越世纪和时代的核心家庭，我清楚记得卡里尔·丘吉尔（Caryl Churchill）的《狂喜》中也是这样。

我们会忘记桑顿·怀尔德，或许因为他是二十世纪最后一位隐身作家。在他之后，任何拥有这样地位的作家都会承受作为名人的压力，被文化消费。我们对《玻璃动物园》印象更深，或许因为它属于一种痴迷的个人崇拜，而对这部作品的解读变成了对剧作者威廉斯的心理分析。怀尔德写了大量关于艾米莉·狄金森（Emily Dickinson）的文章，她在隐世的状态中，通过诗歌拥抱了整个世界。他将自己的生活掩藏了起来，使自己成为最后一个不被过度个人化解析的作者。怀尔德的两部重要作品《我们的小镇》和《九死一生》发生在美国的两个地方——小镇或是郊区——那里没有秘密，也不接纳越轨行为，在那里“世界上几乎所有人都要结婚——你知道我的意思吗？在我们镇上，几乎没有任何例外”。作为戏剧人，怀尔德成功地避开了文化消费的关注点，创造出“舞台监督”这一角色，他脱离了剧中世界，在局外操控着舞台上的一切，自己却不受剧中世界所限。

在怀尔德所有的创新中，最富有价值的就是他改变了舞台上时间流逝的方式——这一创新常常被归功于十年后的萨缪尔·贝克特。自伊丽莎白时代以来的西方戏剧，都是受亚里士多德式的情节所驱动，舞台上总是炸弹即将引爆的倒数声，而怀尔德让戏剧从这种灾难的末日感中解脱了出来。相反，在《我们的小镇》中，他成功地凝固了时间，停止了情节，用一种类似日本戏剧和中世纪环形剧的方式——通过同时展现所有的时刻，以彼时美国舞台还未曾有过的微妙手法捕捉到了时间的脆弱性。例如舞台监督在《我们的小镇》中对十一岁的报童小乔·克罗威尔的介绍：“他是班上第一名，拿到了去麻省理工的奖学金。乔本来要成为一名优秀的工程师，但战争爆发了，他死在了法国。——所有那些教育都白费了。”

《九死一生》写于世界末日之际，也是关于世界末日。怀尔德在这里借用维也纳剧作家阿图尔·施尼茨勒（Arthur Schnitzler）的技巧，再次更新了我们对戏剧时间的感受。为了阻止世界爆炸，他使用了与施尼茨勒的《轮舞》相似的情节结构：一个形成循环的模式化情节。所谓模式化的情节就是相同的行为一次又一次发生——因此人物越是原地奔跑得起劲，就陷得越深。在《九死一生》中，他为安特罗布斯一家安排了一个重复的陷阱，让他们一次又一次地面对世界末日，直到我们意识到人类永远都处在危机之中，但也永远在求取生存。停滞是因为总在原地狂奔，我们总是在开始的地方结束（《九死一生》的情节形式成为法国荒诞派的最爱，在《等待戈多》和《犀牛》等剧中都有所体现）。

拉图与格劳乔·马克思（Groucho Marx）相结合”的怀尔德。

而现在，我们比以往任何时候都更能欣赏他的遗产、他的质疑精神和他的信念。他相信，怀抱希望是最要紧的品质。

宝拉·沃格尔[1]

普罗维登斯，罗得岛

1 Paula Vogel，美国剧作家，代表作品包括《那年我学开车》《巴尔的摩华尔兹》。——译者注

人物

播音员

萨宾娜

费兹帕特里克先生

安特罗布斯太太

恐龙

猛犸象

送电报的男孩

格拉迪丝

亨利

安特罗布斯先生

医生

教授

法官

荷马

E. 缪斯小姐

T. 缪斯

M. 缪斯小姐

两个场务人员

两个军乐队女指挥

预言家

两个推椅子的人

六个集会者

广播负责人

失败的候选人

特雷梅恩先生

赫斯特

艾薇

弗雷德·贝利

场景

第一幕：新泽西，伊克塞西尔，家中。

第二幕：大西洋城，海滨木板道。

第三幕：新泽西，伊克塞西尔，家中。

第一幕

The Skin of Our Teeth

大幕中间是一块投影屏幕。第一张幻灯片写着剧院的名字和如下一行字：世界新闻。播音员的声音响起。

播音员：

很荣幸为大家播报——世界新闻。

幻灯片上显示太阳从地平线升起。

长岛自由港。太阳今晨于6点32分升起。这则令人振奋的消息首先由长岛自由港的多萝西·斯戴森女士报送，她在第一时间打电话告知了市长。世界末日裁定委员会立即进入了特别议程，并宣布末日至少会推迟二十四个小时到来。向多萝西·斯戴森女士的公众精神致意。纽约市某剧院。

幻灯片上显示正在上演本剧的剧院的大门，三位清洁女工正拿着拖布和水桶打扫。

在剧院的日常保洁过程中，梅斯德梅斯·辛普森、佩蒂斯卢斯基和莫里亚蒂像往常一样，捡到了一些遗失物品。今天捡到的物品中有一枚婚戒，上面刻着：亚当赠夏娃。创世记 2:18。如果失主或是失主们能够证明自己的所有权，戒指会物归原主。佛蒙特州蒂佩赫奇。

幻灯片上显示一片冰川。

今年夏天，前所未有的寒冷天气导致了一些我们尚无法合理解释的情况。有报道称，一座冰山正穿过乡镇向南移动。大范围的冷空气导致通信不畅，消息准确性难以核实。但是关于冰川导致蒙特利尔大教堂被推移至佛蒙特州圣阿尔本斯这个谣言，目前并无证据。想要了解更多信息，请关注每天的报纸。新泽西州伊克塞西尔。

幻灯片上显示一栋普通的郊区住宅。

这是轮子的发明者，乔治·安特罗布斯先生的家。在发明了操纵杆后，安特罗布斯先生紧接着发明了轮子，使得这片郊区住宅吸引了全国的注意力。这里就是他的家，一栋宽敞的大房子，共有七间卧室。家的附近有一所公立学校，一间卫理公会教堂，一个消防站，十分便捷。而且房子附近就有一家A&P。

幻灯片上显示安特罗布斯先生站在家门前，手举草帽微笑着，另一只手拿着轮子。

这就是安特罗布斯先生。他出身于古老的家族，自己白手起家做到今天。据报道他曾是一名园丁，但由于各种原因离开了园丁这个岗位。安特罗布斯先生也是一位参加过海外战争的老兵，身上前前后后有不少伤疤。

幻灯片上显示安特罗布斯太太，手捧着玫瑰花。

这是安特罗布斯太太，亲切又迷人的她，是伊克塞西尔妈妈俱乐部的主席。安特罗布斯太太的手工特别出色，正是她发明了围裙，才让大家有机会在围裙上做出不同的花样。

幻灯片上显示家庭合影，还有萨宾娜。

这是安特罗布斯一家，他们有两个孩子，亨利和格拉迪丝。此外还有站在后面的这位朋友，他们的女佣莉莉·萨宾娜。我们都想要祝福这个典型的美国家庭，希望他们的事业越来越好，也祝安特罗布斯先生未来发展得更好。现在我们将走进这个家，简短地拜访一下。

大幕拉起，这是一个上班族的家。留着金色长发的萨宾娜正站在舞台后方正中间的窗前，胳膊下夹着一个鸡毛掸子。

萨宾娜：

噢，噢，噢！六点了，主人还没回来。上帝保佑他在穿过哈得逊河的时候可别出什么事。他要是出事了，我们都会伤心得要命，而且还得搬到一个不怎么样的街区去住。

说真的，我都不知道我们会变成什么样。现在是八月中旬，是今年最冷的一天。简直要冻死了，狗都站在人行道上不动了，谁能解释解释吗？不能。

不过我也不意外，整个世界现在都乱七八糟的，这房子居然一直都没塌，对我来说也是个奇迹。

右侧一部分墙体开始慢慢向舞台倾倒。萨宾娜紧张地看着墙，它又慢慢恢复了原状。

每天晚上都是这么焦虑，担心主人能不能平安回来，担心他有没有带吃的回来。活着就是等死，这句话简直就是真理。

刚才有些倾倒的墙面飞到了阁楼上，萨宾娜惊呆了。她耸了耸肩，开始给安特罗布斯先生的椅子和椅背儿掸灰。

当然了，安特罗布斯先生是个大好人，是个好丈夫、好爸爸。他是教会的顶梁柱，也会关心社区利益。当然了，他每次碰见警察还是会紧张，但是我觉得有些指控他们不应该提出，要我说，就不许他们提。是人都会犯错，不是吗？

她开始打扫安特罗布斯太太的摇椅。

安特罗布斯太太是你能遇见的最好的女人了。她就是为孩子们活着的，说真的，但凡是对她的孩子们能有一点儿好处，就算我们剩下的人都死在她脚边，她头都不会抬一下。你要是还想多了解安特罗布斯太太，就去仔细观察一下母老虎。

说到孩子们呢——

嗯，亨利·安特罗布斯是个正儿八经的美国男孩儿。要是他们能把字母表搞得简单一点儿，亨利过几天就能高中毕业了。如果亨利手里有块儿石头，前面有个目标，不管是只鸟还是个人，他都能打中。——哦！我不是故意要说这个！——那次确实是个不幸的意外，花了不少工夫才让警察不再追究。

安特罗布斯先生和太太的女儿叫格拉迪丝，她总有一天会嫁个好男人，成为一个好妻子，如果这位先生能从电影银幕里走出来向她求婚的话。

大概就是这样！

我们已经努力生存了一段时间，得过且过，能屈能伸，只要恐龙不把我们踩死，蚂蚱不把花园啃光，我们会坚持到过上好日子的那天，保佑保佑。

对于安特罗布斯家族来说，每一个新生儿的诞生都是整个宇宙运转的理由；每一个新生儿的死亡又似乎为他们免去了整个世界的悲痛。结局会怎么样，现在还不知道。

这段时间，我们跌跌撞撞，时冷时热的——

右侧门上方的一部分墙体飞到空中，消失了。

我的建议就是，别问为什么，别问会怎样，享受当下——这就是我的哲学。别忘了，也就是几年前，我们才从大萧条中侥幸生存下来！再来一次这样的高压，我们要何去何从？

这是一句提示性台词。萨宾娜愤怒地看向厨房的门，重复道。

我们才从大萧条中侥幸生存下来，再来一次这样的高压，我们要何去何从？

她有些慌，看了看右边墙面的缺口，走到窗前开始重新表演这一幕。

噢，噢，噢！六点了，主人还没回来。上帝保佑他在穿过哈得逊河的时候可别出什么事。他要是出事了，我们都会伤心得要命，而且还得搬到一个不怎么样的街区去住。说真的，我都不知道我们会变成什么样。现在是八月中旬，是今年最冷的一天。简直要冻死了，狗都不动

费兹帕特里克先生：

萨默塞特小姐！萨默塞特小姐！

萨宾娜：

噢！就这样吧！——都不重要！再过一百年也还是这样。（大声地）我们才从大萧条中侥幸生存下来——再来一次这样的高压，我们将何去何从？

安特罗布斯太太上场，这是一位母亲。

安特罗布斯太太：

萨宾娜，火灭了。

萨宾娜：

（紧张地）一，件，又，一，件，事。忙，得，我，四，脚，离，地。这个家，乱，七，八，糟，活，着，还，不，如，死，了，算，了……

安特罗布斯太太：

火灭了。现在是八月中旬，今天是最冷的一天，你还让火给灭了。

萨宾娜：

安特罗布斯太太，我想提辞职。安特罗布斯太太，像我这样的女孩，可以在有钱人家找到一份工作，他们有能力在每个房间安装火炉。安特罗布斯太太，在那儿我也不用自己一个人担起全家的责任。我会找一个没有孩子的家庭，安特罗布斯太太，只有父母才受得了他们自己的孩子，这句话简直是真理。还有，安特罗布斯太太，别家的男主人不会在昏暗的走廊里，对一个体面而自尊自爱的女孩子动手动脚。我不提名字，也不做指控。安特罗布斯太太，我要辞职，希望您听清楚了。

她把手臂放在桌子上，把头埋进去。在接下来的台词中，她时而抬起头——时而抬起手——但很快又把头埋进双臂之中。

安特罗布斯太太：

都一样！萨宾娜，你总是轻言放弃，总是说你活不下去。可是只要给你一顶新帽子，或者一份冰激凌，一张电影票，你就巴不得一直活着。

萨宾娜：

你根本不在乎我们的死活，你只关心孩子。但凡是对他们能有一点儿好处，你巴不得看见我死。

安特罗布斯太太：

那倒是有可能。

萨宾娜：

他们又在乎什么呢？他们自己——他们就在乎他们自己。

（尖声地）他们在你背后嘲笑你。你不用解释，他们就是以你为耻。好多时候他们都假装自己是别人家的孩子，他们根本不会感激你。

安特罗布斯太太：

我不需要他们感激。

萨宾娜：

还有，安特罗布斯太太——你不了解他。他所做的事情——想要在字母表和乘法表上有所发现。他只要想学点儿什么，你都要反对。

安特罗布斯太太：

哦，萨宾娜，我了解你。

安特罗布斯先生强奸了你又把你带回家，他这么做就是为了侮辱我。

他是为了你的漂亮脸蛋，也是为了侮辱我。

你做过新太太，不是吗？

有一两年时间，你整天躺在床上，涂你的手指甲和脚指甲。

你把你的头发梳得蓬蓬的，把它们往天花板上吹。

我给你洗内衣，给你煮鸡汤。

我要生孩子了，我一边难受得要命，一边还要给你搅和你的面膜。

不过我知道，你的好日子不会长。

果然。

萨宾娜：

可是，是我鼓励安特罗布斯先生做出了字母表。很抱歉我必须要说，安特罗布斯太太，你不漂亮，而且你也不会懂，一个男人努力的话能做到什么。是我这样的女孩，激发他做出了乘法表格。很抱歉这么说，但你不漂亮，安特罗布斯太太，这是真理。

安特罗布斯太太：

但你的好日子并不长——你沦落到厨房里去了。你在那儿都做什么呢？你让火给灭了！也难怪你觉得死了更容易。读书写字或者掰着指头数数都挺好——但是，是我让这个家撑下去的。那只恐龙在前院出现了。——嘘！走开！

走开!

恐龙把头伸进窗户。

恐龙:

好冷。

安特罗布斯太太:

你到房子后面去,那儿才是你待的地方。

恐龙:

好冷啊。

恐龙离开,安特罗布斯太太平静地走了出去。萨宾娜缓缓抬起头,对观众说话。中间墙壁的中央部分渐渐升起,停顿一下,然后消失在阁楼上。

萨宾娜：

现在你们这些观众也都听见了。我多少有一点儿懂了。

真希望现在就到十一点了，真不想再被拖着把这出戏演一遍。

送电报的男孩从右侧沿着舞台后方的墙上场。萨宾娜看到了男孩，喊道。

安特罗布斯太太！安特罗布斯太太！救命！有个陌生人朝家里来了，他正走过来，救命！

安特罗布斯太太警觉而利落地走进来。

安特罗布斯太太：

快来帮我！

她们用家具堵住门。

你是谁？你想干什么？

送电报的男孩：

安特罗布斯先生从城里给安特罗布斯太太发来电报。

萨宾娜：

真的吗？确定吗？可能是个陷阱！

安特罗布斯太太：

我认识他的声音，萨宾娜。我们开门吧。

送电报的男孩进屋，他 12 岁，穿着制服。恐龙和猛犸象都从他身边溜进了房间，在右前方坐了下来。

抱歉让你久等了。你知道的，我们得万分小心。

（对动物们）嘿！你们能安静点吗？

它们点点头。

你们吃过晚饭了吗？

它们点点头。

你们是准备好要进屋了吗？

它们点点头。

年轻人，你身上有火吗？可以点一下炉子吗？

他点点头，拿出一个像煤球的东西。他跪在舞台脚灯正中间想象中的壁炉旁，停顿。

这么冷的天，大家都怎么说？

他不置可否地耸了耸肩。

萨宾娜，拿着这根棍子，去把炉子点着。

萨宾娜：

我刚刚跟您说了，安特罗布斯太太，我提前两周跟您说了辞职，符合法律规定。希望您听清楚了。

萨宾娜退场。

安特罗布斯太太：

这么冷的天气怎么办？

送电报的男孩：

（低垂着眼）我也什么都不清楚……但他们说有一座冰山正从北边往南移动，他们都这么说。我们已经无法通过电报和波士顿联系了，他们在哈特福德把钢琴都烧了……

挡在冰山前面的一切都会被推走，教堂，邮局，市政厅。

我自己一个人住在布鲁克林。

安特罗布斯太太：

大家都做了些什么呢？

送电报的男孩：

嗯……呃……大部分人都在，聊天。或者就像二月的时候一样。有些人想去南边，路上很堵。但这么冷的天也没法带着老人和孩子走太远。

安特罗布斯太太：

给我的这封电报说什么？

送电报的男孩：

（手指放在前额）等我一分钟，让我回忆一下。

动物们离开了自己所处的角落，正在用鼻子蹭他。它们站在男孩的两边靠着他，就像纹章上的守护神兽。

这封电报通过闪电从默里山传到了大学高地！然后通过烟雾从大学高地传到斯塔滕岛。又通过天灯从斯塔滕岛送到新泽西州的普莱恩菲尔德。上帝神奇的做工！

他清了清嗓子。

“致新泽西州埃克塞尔西奥的安特罗布斯太太：我亲爱的妻子，今天会晚一个小时，工作很忙。不要担心孩子们会冻着，想办法让他们保暖，除了莎士比亚，其他东西都可以烧掉。”

停顿。

安特罗布斯太太：

这个人！——他知道我宁愿烧掉十本莎士比亚，也不愿我的孩子感冒。还说什么了？

萨宾娜上场。

送电报的男孩：

今天有了重大的发现，把m和n区分开了。

萨宾娜：

我知道是什么，是字母表，是的。安特罗布斯先生是最聪明的人，等完成了字母表，我们就能预知未来，了解所有的事情。

送电报的男孩：

还有这个："十乘以十等于一百，分号，这个结果意义重大。”

等着大家的反应。

安特罗布斯太太：

地球要被冻成冰了，他所做的就是发明新数字。

送电报的男孩：

安特罗布斯太太，我们办公室的头头说过，多来几个这样的发明，我们冻成冰也值了。

安特罗布斯太太：

电报还说什么了？

送电报的男孩：

我……我可能会传达得不太好。（清清嗓子，唱了起来）“结婚纪念日快乐，结婚纪念日快乐——”

动物们深情地嚎叫起来，萨宾娜也开心地尖叫着。

安特罗布斯太太：

多莉！弗雷德里克！安静！

送电报的男孩：

（声音盖过喧闹声）“结婚纪念日快乐，亲爱的夏娃。结婚纪念日快乐。”

安特罗布斯太太：

这也是电报内容？现在都可以演唱电报了？

送电报的男孩点头。

这个世界越来越蠢了，难怪太阳都会变冷。

萨宾娜：

安特罗布斯太太，我想收回我的辞职申请。安特罗布斯太太，我不想离开这里，在这儿能收到这么有趣的电报。我为我所说过的话道歉，真的非常抱歉。

安特罗布斯太太：

年轻人，给你添麻烦了。我想给你拿点儿东西，可是安特罗布斯先生还没回来，我没有钱，家里也没什么吃的——

送电报的男孩：

安特罗布斯太太……我不太想……表现得……像是想要点儿什么，但是……

安特罗布斯太太：

你想要什么？

送电报的男孩：

您有没有多余的针呢？我太太每天坐在家里，

都想着能有几根针。

萨宾娜：

（尖声地）我们家只有两根针。安特罗布斯太太，咱们家里只有两根。

安特罗布斯太太：

（看了萨宾娜一眼，从衣领上取下一根针）怎么不行，这根给你。

送电报的男孩：

（低垂着眼）谢谢您，安特罗布斯太太。安特罗布斯太太，还能再问您一件事吗？我有两个儿子，如果天气继续冷下去，我该怎么办呢？

萨宾娜：

我觉得咱们都会死，我是这么想的。八月份冷成这样，就是世界末日了。

静场。

安特罗布斯太太：

我不知道。说到底，又能做什么呢？尽量保暖吧，以及别让你的太太和孩子看出来你在担忧。

送电报的男孩：

好的……谢谢您，安特罗布斯太太。好了，我该走了。——哦，我忘了！电报里还有一句话。“三声欢呼，发明了轮子。”

安特罗布斯太太：

轮子？什么轮子？

送电报的男孩：

不知道，电报上是这么说的，信息是这样的。好了，再见。

大家目送他走到门口，向他道别并嘱咐他注意保暖。

萨宾娜：

（用围裙蒙住眼睛，大哭着）安特罗布斯太太，我感觉这世上所有的好男人都已经结婚了，为什么会这样？

萨宾娜退场。

安特罗布斯太太：

（思索着，对动物们说）你们记不记得听过这样的预言，关于八月份会这么冷的预言？

动物们摇摇头。

你们的祖母或者其他人讲过吗？

它们摇摇头。

你们有什么建议吗？

它们摇摇头。她裹上披肩走到前门，把门开了一条缝，喊道。

亨利，格拉迪丝，孩子们，过来暖和一下。不，不，妈妈让你过来你就过来。

亨利！亨利，把石头放下，你难道忘了上次的事儿了？

亨利！把石头放下！

（尖叫）格拉迪丝！把裙子放下！有点儿女孩的样子。

孩子们跑进来，冲向火堆。他们脱下冬天的衣服，把它们堆在地上。

格拉迪丝：

妈，我饿了。妈，为什么这么冷啊？

亨利：

（同时在说话）妈，怎么不下雪？妈，晚饭什么时候好？说不定要下雪了，我们可以扔雪球。

格拉迪丝：

妈，太冷了，多一分钟我都受不了了。

安特罗布斯太太：

你们俩，坐下，我有话跟你们说。

她拉来一张踏脚凳，坐在乐池上方舞台的正中央，面前是想象中的火堆。孩子们伸展身体躺在地板上，靠在她的腿上，就像一幅拉斐尔的作品。动物们站在两边，形成一个三角形的结构。

这就是一段寒潮期。现在听我说，你们父亲回家时，我希望你们保持安静。他在办公室辛苦了一天，不知道会是什么心情。我刚刚收到他的电报，电报里他很开心很兴奋，你们懂的，但你们也都知道他情绪不稳定。

（尖叫）亨利！亨利！怎么回事……你怎么就记不住用头发盖住你的额头呢？你得把伤疤遮住。你是不知道吗，你父亲要是看到它就会失控？他会发疯然后想去死。

有一瞬间她感到绝望。随即她果断地整理好情绪，用口水沾湿围裙角，开始使劲擦他的额头。

抬头，别乱动。上帝保佑，有的时候我觉得它快要消失了——然后它又出现了：和以前一样红。

亨利：

妈，今天在学校的时候，有两个老师叫了我之前的名字。他们搞忘了，妈。你最好给校长再写封信，让他告诉老师我改名了。他们在课堂上直接就喊我：该隐。

安特罗布斯太太：

（想用手堵住他的嘴却太迟了，声音嘶哑）别说这个名字。

继续激动地擦着他的额头。

如果你表现好，他们会忘掉的。亨利，你今天没有……扔石头砸人，对吗？

亨利：

噢……没有啊！

安特罗布斯太太：

（还在擦，没有直视格拉迪丝）格拉迪丝，我希望你今晚能对你父亲态度好一点。你知道你表现好的时候他都怎么叫你——小天使、小明星。把你的裙子放下，有点儿女孩子样。说话声音要轻要温柔。格拉迪丝·安特罗布斯！！你脸上红色的东西是什么？

（扇了她一巴掌）你这个肮脏可恶的小孩！

她站起身，此刻充满厌弃和绝望。

你们两个，离我远点！真希望我从没见过你们俩。让天寒地冻都来吧！我受不了了，我不想这样继续下去了。

她走到一旁。

格拉迪丝：

（哭泣）学校的女孩们都这样，妈妈。

安特罗布斯太太：

（尖叫）我受够你了，就这样！——萨宾娜！萨宾娜！——你是不知道吗，你父亲看见你脸上画的这些会疯掉？你是不知道吗，你父亲觉得你已经很完美了？你是不知道吗，要不是因为相信你很完美他根本活不下去？——萨宾娜！

萨宾娜进来。

萨宾娜：

在，安特罗布斯太太！

安特罗布斯太太：

把这个姑娘领到厨房去，拿刷子给她刷刷脸。

安特罗布斯先生：

（在外面，咆哮着）我一直在铁路上工作，整整一天……

动物们开始绕着圈奔跑，吼叫着。萨宾娜跑到窗前。

安特罗布斯太太：

萨宾娜，外面闹哄哄的怎么回事？

萨宾娜：

哦，是个喝醉的流浪汉，是个巨人，安特罗布斯太太。我们都会被杀死在自己的床上，我就知道！

安特罗布斯太太：

快搭把手，快点儿，大家一起。

他们把所有的家具都堵在门边，安特罗布斯太太拍打着门，大声喊。

是谁？你想干什么？——萨宾娜，热水准备好了吗？——你是谁？

安特罗布斯先生：

猪鼻子和破骆驼，开门。

安特罗布斯太太：

上帝保佑！是你们的父亲。——等一下，乔治！萨宾娜，把门口清空，快点。格拉迪丝，过来我给你擦擦脸！

安特罗布斯先生：

这个婊子杂种，我要把你身上每根骨头都打断。让我进去，要么我就把整个房子都拆了。

安特罗布斯太太：

马上就好，乔治，门锁有点儿问题。

安特罗布斯先生：

开门，否则我就把你们的内脏都挖出来，让你们的脑浆溅到天花板上，让魔鬼把你们都带走。

安特罗布斯太太：

现在可以开门了，萨宾娜。都好了。

门突然大开，静场。安特罗布斯先生——长着一张默片喜剧警察的脸——站在那里，戴着皮帽子，披着毛毯。他一手抱着一堆包裹，里面有一个带圆心的石头轮子；另一只手拎着铁路工人用的提灯。他突然开心地大喊起来。

安特罗布斯先生：

咱们这个歪歪扭扭的家还好吗？

大家松了一口气，又哭又笑，蹦蹦跳跳，动物们也十分雀跃。安特罗布斯先生把包裹扔在地上，帽子和毯子也丢在一旁。他用力地拥抱大家，人和动物们混作一团，萨宾娜也在其中。

如果一个人回家的时候一点儿欢迎也没有，他就是个彻头彻尾的异类了。玛吉，你个老黄脸婆，这鬼天气你感觉怎么样？萨宾娜，老贱人，老垃圾。——孩子们，我的小臭臭们都还好吗？

格拉迪丝：

爸爸，爸爸，爸爸，爸爸，爸爸。

安特罗布斯先生：

他们怎么样，玛吉？

安特罗布斯太太：

不得不说，他们好得不得了。我今天还没发过火呢，不知道他们怎么了。

安特罗布斯先生：

（跪在格拉迪丝面前）爸爸的小臭臭，你是不是？——萨宾娜，食物都在那儿。——爸爸的小臭宝？

格拉迪丝：

（大喊）爸爸，你总是笑我。

安特罗布斯先生：

亨利呢？希望你今天没惹麻烦。没惹什么麻烦吧？

亨利：

没有，爸爸。

安特罗布斯先生：

（大喊）那就好，那就好——我打赌萨宾娜让火给灭了。

萨宾娜：

安特罗布斯先生，我已经辞职了，两周之后我就走。很抱歉，但我要走了。

安特罗布斯先生：

（大喊）行，你要是现在走，会被冻死的，做晚饭去吧。

萨宾娜：

我提前两个星期说了，符合法律规定。

萨宾娜下场。

安特罗布斯先生：

你收到我的电报了吗？

安特罗布斯太太：

收到了。轮子是怎么回事？

他看了一眼轮子，亨利正在地板上滚动它。声音嘶哑，语速很快地对话。

安特罗布斯太太：

这么冷的天到底什么情况？已经零下了。

安特罗布斯先生：

别在孩子面前说这些！

安特罗布斯太太：

我们是不是得做点什么？——离开这里，搬家？

安特罗布斯先生：

别在孩子面前说这些!!!

他打了亨利一下。

亨利：

爸爸，你打我!

安特罗布斯先生：

是的，你记住。我是让你记住今天。今天。今天是完成字母表的日子，今天也发现了一百——一百，一百，一百，一百，一百——无穷无尽。

我在办公室待了一整天!

看看那个轮子，玛吉——等我把它都弄好的时候，你将会看到一番景象。之前所走的路都有意义。

安特罗布斯太太：

什么意思？

安特罗布斯先生：

（坐在脚凳上看着火堆，心怀敬畏）玛吉，我们已经在浪潮之巅。没什么要做的事情了，我们已经成功了。

安特罗布斯太太：

（打断他的情绪）冰山呢？

安特罗布斯先生：

冰山！

亨利：

（还在玩轮子）爸爸，你可以在上面安一把椅子。

安特罗布斯先生：

（沉思着）是，是啊，是个傻子都能玩了——但是是我先想到的。

安特罗布斯太太：

孩子们，去厨房待会儿。我想和你们父亲单独聊聊。

孩子们出去。安特罗布斯先生已经坐到了左边的椅子上，他把金鱼缸放在腿上，把鸟笼拉到自己的面前。两只动物把爪子放在他椅子的扶手上。安特罗布斯太太越过整个屋子和他对视，像一个审判者。

怎么样？

安特罗布斯先生：

（语句简短）很冷。——情况怎么样，嗯？啾、啾、啾。——你怎么样，米莉森特？

安特罗布斯太太：

我知道很冷。

安特罗布斯先生：

（对着鸟儿）不许乱撒葵花籽儿，熄灯后不许唱歌，你明白我的意思吗？

安特罗布斯太太：

你可以试着让我们别被冻死，对吗？可以做点儿什么吗？我们可以离开，要么我们骑在动物背上走？

安特罗布斯先生：

动物最好的一点，就是它们话少。

猛犸象：

冷。

安特罗布斯先生：

唉，唉，唉！看着点儿！等到午夜，咱们都要冻成冰。路上到处是人，大家脚都抬不起来。前院的草跟铁一样硬——我突然想到，我又给你找了一根针。——北边那些人——他们到哪儿去了？冻死了……被压死了……

安特罗布斯太太：

咱们也会这样的对吗？你说话呀？

安特罗布斯先生：

我不知道，我什么都不知道。有人说冰川移动的速度在减慢。有人说它停下来了。太阳越来越冷了，这有什么办法？没办法，咱们只能把房子里的东西都烧掉，还有栅栏，谷仓也烧掉，让火能继续烧下去。等火没了，咱们的死期就到了。

安特罗布斯太太：

你为什么一开始不说呢?

安特罗布斯太太正要起身离开，她看到了两个难民。两个男人正站在舞台后方的墙边，很快更多的人涌来。

难民：

安特罗布斯先生！安特罗布斯先生！安—安—特罗—布斯先生!

安特罗布斯太太：

谁？是谁在叫你?

安特罗布斯先生：

（有些愧疚地清了清嗓子）嗯——让我看看。

两个难民走到窗边来。

难民：

安特罗布斯先生，我们能不能先暖暖手。太冷了，安特罗布斯先生。

另一个难民：

安特罗布斯先生，您有多余的面包，或者其他吃的吗？

静场。他们怯怯地等着，安特罗布斯太太站在原地不动。突然响起敲门声，继而是一阵急速的敲门声。

安特罗布斯太太：

这些人是谁？怎么搞的，前院全是人。他们来这儿干什么？

萨宾娜上场。

萨宾娜：

安特罗布斯太太，有几个流浪汉在敲后门。

安特罗布斯太太：

乔治，让这些人走。让他们马上走。我去把他们从后门赶走。萨宾娜，你跟我来。

她精神十足地走出去。

安特罗布斯先生：

萨宾娜！你留在这里！我有话跟你说。

他走到门边，把门开了一条缝，透过门缝说话。

各位！请大家再等几分钟。没问题的……大家等待的时候，可以每人拔一根栅栏的木桩，烧火的时候都会用到。我们马上会给大家准备咖啡和三明治。

萨宾娜越过他的肩膀看向门外，突然伸出手指着外面，发出一声尖叫。

萨宾娜：

安特罗布斯先生，那是？——那个巨大的白色的东西？安特罗布斯先生，是冰山！是冰山!!

安特罗布斯先生：

萨宾娜，你去厨房多准备点儿咖啡，做一大桶。

萨宾娜：

一桶!!

安特罗布斯先生：

（比手势）还有三明治……做这么……一堆。

萨宾娜：

先生！！

她突然不演了，开始以萨默塞特小姐的身份说话，十分惊讶的语气。

噢，我明白这段戏的意思了！这是在讲难民。

她往台口走去。

噢，这个不好，这个不好。

她靠在台口，突然哭了起来。

安特罗布斯先生：

萨默塞特小姐！

舞台监督的声音。

萨默塞特小姐！

萨宾娜：

（充满力量，对观众说道）女士们，先生们！大家别把这出戏当真，还没到世界末日呢。你们都知道的，还没完呢。人们总是夸大其词！大部分人还是有东西吃，有房子住的。没有人会真的挨饿——你可以吃草，或者吃点儿别的。那个冰川的事儿——已经是很早很早以前了。再说了，那时候都是野人。野人才不会爱自己的家庭——不像我们。

安特罗布斯先生和舞台监督：

萨默塞特小姐！！

门外又传来了敲门声。

萨宾娜：

好了，我会好好演的，但我不会再去思考这出戏了。

安特罗布斯太太上场。直接对观众说。

我建议你们也不要思考这出戏了。

萨宾娜下场。

安特罗布斯太太：

乔治，流浪汉们说，是你让他们到家里来的。这是什么情况？

敲门声响起。

安特罗布斯先生：

就是……呃……我在路上碰到了几个朋友，玛吉。都是特别好，也特别有用的人……

安特罗布斯太太：

（走回门边）你敢叫他们进来！乔治·安特罗布斯先生，除非我死，否则连一个鬼魂都不准踏进我的家门。

安特罗布斯先生：

玛吉，这群人里面有个医生。家里有一个医生能有什么坏处。因为各种各样的原因，咱们已经失去好几个孩子了。你不知道什么时候有个孩子的喉咙就会出问题，咱们都经历过——

他把手放在喉咙上，模仿得了白喉的样子。

安特罗布斯太太：

好，那就只能进来一个人，这个医生。其他人可以走了。

安特罗布斯先生：

玛吉，还有一个老人，是我一个很特殊的朋友……

安特罗布斯太太：

我不听。

安特罗布斯先生：

是他最开始发明A、B、C的。

安特罗布斯太太：

我不关心他是死是活。我们不看书写字也能活下去，但是没有吃的活不下去。

安特罗布斯先生：

那就让冰山过来吧！！喝你的咖啡去吧！！除非我能跟这些好人一起，否则我什么咖啡都不喝！

安特罗布斯太太：

别喊了，还有哪些人想要了我们的命？

安特罗布斯先生：

还有个人……他制定了所有的法律，摩西法官！

安特罗布斯太太：

法官现在可帮不了我们。

安特罗布斯先生：

如果冰川融化了呢？……如果我们挺过来了呢？我们有能力把亨利好好养大吗？我们之前做了什么呢？

安特罗布斯太太：

这些老太太又是谁？

安特罗布斯先生：

（咳嗽着）城里有九个姐妹，其中三四个在这儿。她们算是音乐老师吧……其中一个会吟诵，一个——

安特罗布斯太太：

差不多了。一个合唱团！行吧，你自己选，是死是活，是不是要让你自己的孩子在你眼前饿死。

安特罗布斯先生：

（轻声地）他们不需要很多东西，他们都已经习惯挨饿了，睡在地板上就可以。

还有，玛吉，你听，不，你听我说，咱们家之前除了萨宾娜没别人，萨宾娜总是在担心最坏的情况，她没办法振作大家的精神。玛吉，这些人，从不放弃，他们都觉得自己会一直活着，一直工作下去。

安特罗布斯太太：

（缓缓地走回屋子中间）行，让他们进来吧。让他们进来，你是一家之主。

（轻声地）但这些动物得离开，真的已经够了。它们再长大一些就要把墙都压倒了，把它们弄走吧。

安特罗布斯先生：

（悲伤地）好，恐龙，猛犸象！过来，宝贝，过来弗雷德里克，过来走走。真是个好小伙儿。

恐龙：

冷。

安特罗布斯先生：

是啊，清新的冷空气，令人清醒。

他把门打开，动物们都出去了。他向朋友们招手，这些难民的形象和纽约街头的无业游民们一样。摩西法官戴着一顶无檐便帽，荷马是个盲人乞丐，背着把吉他。衣衫褴褛的人群鱼贯而入，怯生生又满怀期待地等在一旁。安特罗布斯先生将他们一一介绍给妻子，安特罗布斯太太向每个人弯腰点头致意。

> 大家请自便，玛吉，这就是医生……先生……咖啡马上就好……教授，这是我太太……还有……法官……玛吉，法官你认识。

一个失明的老头，拿着把吉他。

> 玛吉，你认识……你认识荷马吗？——请进，法官。——缪斯小姐，你的姐妹们也在吗？请进……E. 缪斯小姐，T. 缪斯小姐，M. 缪斯小姐。

安特罗布斯太太：

很高兴见到您。请…… 自便。晚餐很快就准备好。

她突然走了出去。

安特罗布斯先生：

朋友们，大家请自便。我马上就回来。

他也走了出去。难民们敬畏地注视着他们，有一些声音在窃窃私语："荷马！荷马！"大家都喊了起来。荷马拨了一两下和弦，开始念道。

荷马：

歌唱吧，女神！歌唱佩琉斯之子阿喀琉斯的愤怒，他的暴怒招致了这场凶险的灾祸，给阿开亚人带来了受之不尽的苦难，将许多豪杰强健的魂魄打入了哀地斯，而把他们的躯体，作为

美食，扔给了狗和兀鸟……[1]

荷马脸上的神情显示出他已迷失在自己的思绪和回忆之中，他慢慢停止了言语。难民们也像他一样，点着头，陷入某种回忆。紧接着又有人开始低语："摩西，摩西！"一个上了年纪的犹太人听到大家的呼唤，带着戏剧腔朗诵起来。

摩西：

起初，神创造天地。地是空虚混沌，渊面黑暗；神的灵运行在水面上。神说："要有光。"就有了光。[2]

同样的，他慢慢停止了言语，难民们也同样陷入回忆之中。一些人喃喃说着"是的，是的"。安特罗布斯先生和太太上场，打破了这种氛围。萨宾娜端着一大堆三明治和一桶咖

1 原文为希腊文，此处依照上海译文出版社陈中梅翻译的《荷马史诗：伊利亚特·奥德赛》。——编者注

2 原文为希伯来文。——编者注

啡进来。萨宾娜停下脚步，盯着客人们看。

安特罗布斯先生：

萨宾娜，把三明治递过来。

萨宾娜：

我以为我是在一个体面的家庭里工作，招待的都是体面的客人。我要辞职，安特罗布斯先生，提前两周，符合法律规定。

安特罗布斯先生：

萨宾娜！把三明治递过来。

萨宾娜：

提前两周，符合法律规定。

安特罗布斯先生：

法律就在这里，那位是摩西。

萨宾娜：

（瞪大眼睛）十诫——啊呸！（对观众说）这真是我说过的最烂的台词。

安特罗布斯先生：

我觉得大家还是不要搞得太客气，咱们从左到右递一下三明治吧——法官，您自己拿一个。

安特罗布斯太太：

我听说路上人很多是吗？

客人们：

（都开始说话了）哦，夫人，您难以想象……一步都挪不动……人挤人。

突然静场。

安特罗布斯太太：

你们知道我是怎么想的吗——我觉得是太阳黑子！

客人们：

（一阵低声的喧哗）哦，您想的没错，安特罗布斯太太……就是这样……我前几天也是这么说的。

突然静场。

安特罗布斯先生：

我不相信整个世界都会变成冰。

在场每一双眼睛都盯着他，等着他说。

我不信。法官！我们难道都白工作了吗？教授！我们是彻底失败了吗？

安特罗布斯太太：

说起来很奇怪——当然比较幸运的是我们两个人的体格都比较强健。——医生，我想让你见见我的孩子们。他们正在吃晚饭，我很希望能让他们见见你。

M. 缪斯小姐：

安特罗布斯太太，您有几个孩子？

安特罗布斯太太：

两个，一儿一女。

摩西：

(柔和地) 我想您是有过两个儿子，安特罗布斯太太。

安特罗布斯太太陷入痛苦中，她朝舞台脚灯走去。

安特罗布斯太太：

（声音很低）亚伯，亚伯，我的儿子，我的儿子，亚伯，我的孩子，亚伯，亚伯，我的孩子。

难民们朝她走了几步，他们说着希腊语、希伯来语、德语还有其他语言，用各种语言低声安慰她。厨房里传来一声刺耳的尖叫——是萨宾娜的声音。所有的人都转过头去。

安特罗布斯先生：

怎么了？

萨宾娜上场，一下子变得怒气冲冲，扯着自己的手套。

萨宾娜：

安特罗布斯先生——您的那个儿子，亨利·安特罗布斯先生——我一分钟都不会在这房子里待下去了！——他不适合跟有教养的同类们一起生活，就是这样。

安特罗布斯太太：

你什么都别说了，萨宾娜。我马上回来。

不等她回答，安特罗布斯太太就走过她身边，进了厨房。

萨宾娜：

安特罗布斯先生，亨利又扔石头了。他要是没把隔壁那个男孩杀死，我就大错特错了。他吃完晚饭出去玩，我听到有争吵，然后我就看见。我亲眼看见了，简直就是谋杀。

安特罗布斯太太在厨房门口，亨利被她挡在身后。她走到一边时，我们看到亨利的额头上有一个很大的赭红色疤痕，形状像一个C。安特罗布斯先生向他走过去。一个停顿，能听到亨利在小声说话。

亨利：

他要把轮子抢走，他先朝我扔石头的。

安特罗布斯太太：

乔治，这就是小男孩一时冲动。你知道他还很年轻。

更大声，急切地呼喊。

乔治，他只有四千岁。

萨宾娜：

一直都很好！

一阵沉默。安特罗布斯先生走回到壁炉前。

安特罗布斯先生：

把火熄灭！熄灭所有的火。（暴怒）难怪太阳会变冷。

他开始踩踏火堆。

安特罗布斯太太：

医生！法官！帮帮我！——乔治，你疯了吗？

安特罗布斯先生：

没有理智。我们不会再努力活下去了。（对客人们）放弃吧，放弃努力。

安特罗布斯太太抓着他。

萨宾娜：

安特罗布斯先生！我真为你感到羞耻。

安特罗布斯太太：

乔治，再来点咖啡。——格拉迪丝！格拉迪丝去哪儿了？

格拉迪丝走了进来，她很害怕。

格拉迪丝：

我在这儿，妈妈。

安特罗布斯太太：

上楼去，把你父亲的拖鞋拿来。你知道他很累，怎么能忘了拿拖鞋呢？

安特罗布斯先生坐在椅子上，用手遮住脸。安特罗布斯太太转过头去对难民们说道。

你们不是有人会唱歌吗？你们的工作就是唱歌，对吗？萨宾娜！

有几个女人尝试着清了清嗓子，怯怯地围在荷马的吉他旁边。他弹了几个和弦，在萨宾娜的带领下，她们唱起了“铃儿响叮当”，刚开始声音小得几乎听不见。安特罗布斯太太一边给安特罗布斯先生脱鞋，一边低声说着话。

乔治，你还记得之前的经历吗，有一次火山就在咱们前院爆发，还有一次蚂蚱吃掉了咱们所有的草，包括你亲手种的粮食和菠菜。还有那个夏天，每天晚上都会地震。

安特罗布斯先生：

亨利！亨利！（把手放在额头上）我自己也一样。我们所有人，都沾满了血。

安特罗布斯太太：

那就记住你对他特别满意的时候，还有你为自己感到骄傲的时候。——亨利！亨利！过来，给你父亲背诵一下乘法表，你一直很会背的。

亨利单膝跪在父亲身边，开始小声念起了乘法表。

亨利：

（终于）二乘以六等于十二，三乘以六等于

十八——我不太会乘六。

格拉迪丝拿着拖鞋进来。安特罗布斯太太对她做了个手势：进去，表现好点儿。客人们开始唱起“今晚搭帐篷”。

格拉迪丝：

（给安特罗布斯先生穿拖鞋）爸爸……爸爸……我今天在学校表现很好。科诺弗小姐在课上说，如果所有的女孩都像格拉迪丝·安特罗布斯一样有礼貌，这个世界会变得很不一样。

安特罗布斯太太：

你在大家面前背诵了一篇文章，是不是？背给你父亲听听。

格拉迪丝：

爸爸，你想听听我在课堂上背了什么吗？

母亲猛地看了她一眼。

是亨利·华兹华斯·朗费罗的《星光》。

安特罗布斯太太：

等等！火要灭了，柴火不够了！亨利，你上楼去把椅子搬下来，把床也拆了。

亨利下场。歌手们又唱起“铃儿响叮当”，声音仍然很轻。

格拉迪丝：

爸爸你看，这是我的成绩单。你看看，成绩是A！看呀，爸爸。爸爸，你想听听亨利·华兹华斯·朗费罗的《星光》吗？爸爸，你没生我气吧？——天气会暖和起来的，马上就会像春天一样了，我们可以去希伯尼广场野餐，就像以前一样，你还记得吗？爸爸，你看我一眼。

亨利搬着几把椅子进来。

安特罗布斯先生：

你们是集体背诵的，对吗？

格拉迪丝急切地点点头。

你还没忘？

格拉迪丝：

没有！！！我表现得很好。

停顿。安特罗布斯先生起身，走到前门把门打开。难民们胆怯地往后退，歌声也停止了。他向门外看了看，又关上门。

安特罗布斯先生：

（突然间做出了决定）把火生起来。天很冷，生起火来。我们将竭尽所能。萨宾娜，再拿点儿木头来。大家都到火堆边上来。年轻人至少可以挺过去。亨利，你吃东西了吗？

亨利：

吃了，爸爸。

安特罗布斯先生：

格拉迪丝，你吃晚饭了吗？

格拉迪丝：

我在厨房里吃过了，爸爸。

安特罗布斯先生：

如果真的可以扛过去——你能做些什么？你知道吗亨利？你有没有好好看过那个轮子？

亨利：

是的，爸爸。

安特罗布斯先生：

（坐在椅子上）六乘以二等于——

亨利：

十二，六乘以三等于十八，六乘以四等于……

爸爸，忽冷忽热的，我的脑子很乱，我想睡觉。

安特罗布斯先生：

（给亨利一巴掌）清醒一下，我不管你困不困，

六乘以四等于二十四，六乘以五等于——

亨利：

三十！爸爸！

安特罗布斯先生：

玛吉，让格拉迪丝也学点儿东西，之后能用得上。

安特罗布斯太太：

什么意思，乔治？

安特罗布斯先生：

六以六等于三十六。教她《圣经》的开头。

格拉迪丝：

可是，妈妈，太冷了，冰山太近了。

亨利完全昏睡了过去，他父亲狠狠地打了他一巴掌，课程继续。

安特罗布斯太太：

起初，神创造天地。地是空虚混沌，渊面

黑暗——

歌声再次响起，声音大了些。萨宾娜拿着木头回来了。

萨宾娜：

（把木头放在火堆上，走到脚灯旁边，对观众说）大家把椅子都递上来好吗？我们需要所有能生火的东西。拯救人类。——场务人员，能把椅子递过来吗？谢谢。

亨利：

六乘以九等于五十四，六乘以十等于六十。

从剧院后台传来拆椅子的声音。场务们拿着椅子从过道上跑下去，递到台上。

格拉迪丝：

“神称光为昼，称暗为夜。”

萨宾娜：

请大家把椅子递过来。拯救人类。

——幕落——

第二幕

The Skin of Our Teeth

中场休息快要结束前，场灯虽然还亮着，幕布上开始出现幻灯片的投影。幻灯片上依次显示着宾夕法尼亚到大西洋城的列车时刻表，大西洋城酒店、药店、教堂、地毯商的广告，预言家、游戏厅。

场灯逐渐熄灭，播音员的声音响起。

播音员：

现在为大家播报世界新闻。新泽西州大西洋城：

幻灯片上显示一张铬制的海滨风景明信片，上面用云母装饰着一行字：海滩游乐。

这座伟大的会展之城本周将为伟大的“兄弟类”——哺乳类中古老而光荣的分支“人类”——举办周年聚会。女士们先生们，这个一同战斗一同埋葬的兄弟会，将在海滨木板道举行第六十万届年会。会上刚刚选出了下一任期的总统——

幻灯片上显示安特罗布斯先生和太太的形象，他们即将出场。

来自新泽西伊克塞西尔的乔治·安特罗布斯先生。我们向您介绍安特罗布斯总统和他亲切迷人的太太，如假包换的哺乳动物。安特罗布斯先生曾经历过漫长而曲折的职业生涯，他在许多事业上取得过成就，包括发明杠杆和车轮，以及酿造啤酒。安特罗布斯总统亲切迷人的太太也在许多实用事务上做出过贡献，包括缝边、接布和缝制三角裤，还有今年的最新发明——油炸。在安特罗布斯先生接受任命之前，我们有一个重要的消息要宣布。正如大家所知，哺乳类的这次庆祝活动收到了其他竞争种类——或者应该这样说，尊敬的同时代种类：鸟类、鱼类、爬行类等等——代表团的问候。这些动物类也正在世界各地举行它们的聚会，并派代表参加我们的聚会，每个种类有两位出席。今天晚些时候，我们将向您播送安特罗布斯总统向整个自然界全体表达问候和祝福。女士们，先生们！有请安特罗布斯总统！

屏幕变成了透明，安特罗布斯先生站在讲台边，安特罗布斯太太坐在一旁，胸前别着一朵兰花。安特罗布斯先生穿着一件脏兮兮的双排扣大衣，一双高筒靴，纽扣孔上别着红色的花章，挂着一条长长的紫色荣誉绶带。他戴着一顶颜色鲜艳的帽子——介于土耳其毡帽和军团帽之间的样式。

安特罗布斯先生：

哺乳动物同胞们，脊椎动物同胞们，人类同胞们，感谢你们。当我亲爱的父母告诉我，要靠自己的双脚立足时，他们不会想到我能一路走到这里。朋友们，我们都经过了漫长的旅途。在这欢欣庆祝的时刻，去谈论我们所经历过的困难或许不太适宜。恐龙灭绝了——

掌声。

冰川退去了，我们正在力所能及、千方百计地治疗普通感冒。

安特罗布斯太太打了个喷嚏，她优雅地笑笑，小声说道：“不好意思。”

在昨天的追悼活动上，我们向所有离开的朋友和亲人致意。他们因为寒冷、地震、瘟疫和……和……

咳嗽。

意见分歧。正如我们的主教所说……呃……他说……

安特罗布斯太太：

（闭着嘴唇）离开了，但不会被忘记。

安特罗布斯先生：

“他们离开了，但不会被忘记。”我想可以这样说，我想我可以带着完全的……呃……带着完全的……

安特罗布斯太太：

信心。

安特罗布斯先生：

谢谢亲爱的——我们完全没有信心，安全的崭新一天即将来临。即将结束的这一年，口号是工作。我给大家未来的口号是：享受。

安特罗布斯太太：

乔治，坐下！

安特罗布斯先生：

结束之前，我想就这次选举活动中针对我的一条不公正且恶意的指控做出回应。女士们先生们，有人指控我在职业生涯的某些阶段倾向于加入敌对种类——这是个谎言。我对《大西洋城先驱报》的记者说过，我不否认在出生前几个月，我曾在……呃……长翅膀还是长鳃之间犹豫不决——在座的许多人也是如此——但在过去的一百万年里，我一直是这个胎生的、多毛的、有横膈膜的我。

掌声。大家喊着“老安特罗布斯”“好家伙”“乔治”等等。

播音员：

谢谢。非常感谢，安特罗布斯先生。我知道大家也想听听亲切迷人的哺乳动物，安特罗布斯太太的发言。她是一位妻子，也是一位母亲。我们有请安特罗布斯太太。

安特罗布斯太太起身，把册子放在凳子上，鞠躬然后说。

安特罗布斯太太：

亲爱的朋友们，我真不觉得自己应该在此发言，毕竟是我的丈夫而不是我当选。作为妇女家居协同会的主席，或许我可以分享一些记录，哦对，是这样的——在这座美丽的城市里，我们的委员会常常聚集讨论，我在此针对大家之前的会议做一个简短的报告。

或许大家会有兴趣知道，我们已经最终决定，西红柿是可食用的。大家都听到了吗？西红柿是可食用的。

一位来自大洋彼岸的代表报告说，蚕丝可以织成布……我这儿有一个样品……能看到吗？光滑有弹性。虽然我个人更喜欢别太闪亮的布面，但不得不说这个真的很漂亮。睡觉的时候窗户应该开着还是关着？我想所有的母亲都会密切关注我们针对这个问题的讨论。很遗憾，最专业的权威人士还没有定论。在我看来，夜晚的空气对孩子不好，但意见双方都有不少权威人士。好了，我可以一直这样讲下去——就像莎士比亚所说：女人的工作很少能够完成。我想最好还是和我丈夫一起向大家致谢，然后坐下。谢谢你们。

她坐下。

播音员：

哦，安特罗布斯太太！

安特罗布斯太太：

怎么了？

播音员：

我们知道您即将要庆祝结婚纪念日，我们的听众都想送上祝福，也想听您就这件事讲几句话。

安特罗布斯太太：

这位好心的先生问到……是的朋友们，今年春天，安特罗布斯先生和我将庆祝我们结婚五千周年。我不知道能否代表我丈夫发言，但我可以说，就我而言，我每时每刻都在后悔。

大家困惑地笑起来。

请原谅，我的意思是，我没有任何一刻后悔过。希望大家不要像我一样感冒。我们有两个孩子，一直都是两个孩子，尽管并不总是那两个。在我看来，我们有两个好孩子，我们对此非常感激。是的，安特罗布斯先生和我已经结婚五千年了。每个结婚纪念日都会让我想起还没有婚礼的时代，我们不得不为婚姻奔走呼号。也许在我的发言中，有些女人还能记起那场革命和那些斗争。我们为之奋斗过，不是吗？我们把自己绑在灯柱上，我们冲进参议院——总而言之，我们女人终于得到了戒指。

有一些男人帮助过我们，但是必须要说，大部分男人每一步都在阻挠我们：他们说我们不像女人。

我之所以提及这些不愉快的回忆，是因为在这场伟大的胜利后，我如今看到一些倒退的迹象。噢，我的哺乳动物同胞们，要守住这一切。我丈夫说，今年的口号是享受。这很容易引起误解。我今年的口号是：拯救家庭。家庭已经存在了五千年：拯救家庭！谢谢大家。

播音员：

谢谢，安特罗布斯太太。

透明的屏幕消失。

我们之前希望，能向大家展示今天在这里举行的选美比赛。安特罗布斯总统是一位经验丰富的选美评委，他将一九四二年大西洋城小姐的头衔授予了莉莉－萨宾娜·费尔韦瑟小姐，她也是我们海滨游戏厅魅力四射的女招待。但是不巧我们没有时间了，我得带大家去看看会展之城的风光，还有正享受其中的集会者们。

音乐突然响起，大幕升起。

海滨木板道，观众都坐在海里。一根红色绳索作为栏杆横在舞台前方。一条两侧也是红色绳索栏杆的坡道，一路向下延伸到乐池右侧的角落，角落里矗立着一把巨大的红色沙滩伞，或是一间小屋。舞台前侧和右侧靠中间是面向大海的长椅；长椅边都有一盏路灯。

唯一的布景是两个两米高的纸板剪影，代表着舞台后方的店铺。从左到右的标牌依次是：海燕太妃糖、命运预言家，然后是一片空白处，游戏厅、土耳其浴场。商店都有可开关的门，预言家的门上挂着色彩鲜亮的吉卜赛窗帘。

靠近左侧台柱的是一个从乐池中竖立起来的天气信号标，就像带横杆的船桅。上面偶尔会挂上黑盘，预示着风暴或飓风即将来临。郁郁寡欢的黑人们推着三把空荡荡的滚轮椅。整幕戏中，他们在舞台上来回穿行。

打扮得和安特罗布斯先生差不多的集会者们时不时地穿过舞台。有些人默默走过，有些人则在无聊地笑闹。老吉卜赛预言家正坐在她的店门口抽着烟斗。

游戏厅里传来主持人的声音。

游戏主持人：

A-9，A-9。C-26，C-26。A-4，A-4。B-12。

气氛组：

（在后台）Bingo!

游戏厅的前区抖动起来，往空中升高了几米，又摇摇晃晃落回地面。

预言家：

（用烟斗机械地指着一个并无意识的路人的背影）肾炎！你的合伙人在堪萨斯城的交易中骗了你。你会有六个孙辈，别往高处去。

她站起身来，又对另一个人喊道。

肝硬化!

萨宾娜出现在游戏厅门口。她裹紧自己的蓝色雨衣，观众几乎看不到她里面穿着的红色泳衣。她试图让预言家注意到自己。

萨宾娜：

嘘！埃斯梅拉达！嘘！

预言家：

唠！

萨宾娜：

安特罗布斯总统来了吗？

预言家：

没有，没有，没有。快回去，藏起来。

萨宾娜：

我怕会错过他。噢，埃斯梅拉达，要是失败了，我会死的。我知道我会死的。安特罗布斯总统！！！我会成为他的妻子！如果这是我要做的最后一件事，我要成为乔治·安特罗布斯太太。——埃斯梅拉达，和我说说我的命运。

预言家：

唠！

萨宾娜：

好，我来告诉你我的命运。

痴人说梦似的笑着，用手在自己的掌心描画着。

我赢得了大西洋城的选美比赛——我也将赢得全世界的选美比赛。我要把安特罗布斯总统从他妻子身边夺走，然后我要把所有男人从他们妻子身边夺走。我要让这个世界天翻地覆。

预言家：

唠！

萨宾娜：

这些丈夫们一想到我就会头晕目眩。他们会在街上头脑发晕，不得不靠在灯柱上。——埃斯梅拉达，特洛伊的海伦又如何？

预言家：

（愤怒地）闭上你愚蠢的嘴。等安特罗布斯先生来了，你可以看看你能干什么。在那之前——一边儿去。

萨宾娜笑了起来。她走回游戏厅门口时，一群集会者围了过来。"噢，莉莉小姐，您认识我，咱们已经认识很多年了。"

萨宾娜：

走开，小伙子们，走开。我要找比你们更厉害的人物。怎么搞的，辛普森先生！！你怎么敢！！我想像你这样的无名之辈也会有姑娘喜欢的，但你上哪儿找她们，找她们干什么，我可完全没兴趣。

萨宾娜下场。集会者们兴奋地尖叫着，跌跌撞撞跟在她身后。预言家起身，把烟斗放在凳子上，掀开她层层叠叠的裙子，猛地拽开自己的上衣，像个年轻女人一样扭着屁股朝观众席走去。

预言家：

我预言未来。唠。没有比这更容易的事儿了。每个人的命运都写在他们自己脸上，没有比这更容易的事儿了。

但谁能讲清楚一个人的过去——嗯？没有人！你的青春——它去了哪里？它在不经意间溜走了。在你睡着的时候，在你喝醉的时候？噗！你们就像我们的朋友一样，就像安特罗布斯先生和他的太太。你们彻夜难眠想要了解自己的过去。它意味着什么？它想要告诉你们些什么？

想啊！想啊！脑袋都想破了。我无法讲明人们的过去，你们也不行。如果有人想要告诉你们过去的事情，听我说，他们都是骗子！骗子！但我可以预言未来。

她突然对着一个推着椅子路过的人喊道。

中风！

她回到观众席。

没有人在听——唠！我看到你们中间有个人——我不会指出他来让他难堪，但是听着，可能就是你：明年，你身体里的那根弦就要崩了。悔恨至死——Y型。它就在你嘴的一个小角落里，你会决意要为快乐而活，但是错过了，悔恨至死——Y型……离镜子远点儿。你会想要生气——但是不！——不要生气。

向前看着，悄悄地。

我们的朋友，安特罗布斯家最近会怎么样呢？哦，你们也看到了，唠！——头晕目眩，这个伟大的男人也会头晕目眩？这个发明了啤酒和火药的人，脾气突然转变，然后就惯性使然？“我是苏丹，让女奴们给我扇扇风？”

你们和我都知道将要发生什么。雨，雨，大雨变成洪水，大洪水。但首先你们会看到那可耻的事——可耻的事。有些人会说：“淹死他吧，他不值得被拯救，都放弃吧。”我看得出来你们是这么想的。但是你们错了，收起你们的怀疑和绝望吧。

这次还会有九死一生的机会。有少数人在毁灭——彻底的毁灭中，存活了下来。

她的手指扫过舞台。

即便是动物们，也有一些会得救：每类存活两个，一公一母，每个种类存活两个。

集会者们从乐池中探出头来，嘲讽她。

集会者们：

骗子！杀人为乐女士！耶利米夫人！骗子！

预言家：

你！记住我的话，否则就太晚了。你到时候会在哪里？

集会者们：

呱呱的大乌鸦。灰头土脸的老太婆。破布麻袋，瓶瓶罐罐。

预言家：

对，伸出你们的舌头。你们的舌头再长，也舔不到额头上滴下的死亡。现在去做已经太晚了——就用你们的汤勺来挽救洪水吧。你们有过机会，但你们错过了。

集会者们：

尽情享受吧！！！

他们消失了。预言家看了看左边，把手指放在嘴唇上。

预言家：

他们来了——安特罗布斯一家。唠！你们的希望，你们的绝望，你们自己。

安特罗布斯先生和太太，还有格拉迪丝一起从左侧上场。

安特罗布斯太太：

格拉迪丝·安特罗布斯，收腹。

格拉迪丝：

可是这样轻松一点儿。

安特罗布斯太太：

新任总统竟然有一个这么笨的女儿，真是糟糕。有点儿女孩子的样子。

预言家：

哎呀！这话已经说了几万遍了。

安特罗布斯太太：

我的天！亨利在哪儿？他刚才还在这儿呢。亨利！

突然响起很大的动静，一张滚轮椅从左侧出现。亨利和一个推椅子的黑人正围着它激动得手舞足蹈。

亨利：

（手里拿着弹弓）我会把你的眼睛挖出来，我会让你痛苦大喊，比之前都痛苦。

黑人：

（同时）我警告你，我警告你，如果你惹我生气，你会挨打。

安特罗布斯先生：

亨利！你在干什么？把弹弓放下。

安特罗布斯太太：

（同时）亨利！亨利！你老实点！

预言家：

这就对了年轻人。世界上有太多这样的人了，觉得别人都碍着自己，除了他们自己。

亨利：

我就是想——找点儿乐子。

黑人：

除非我同意，没人可以碰我的椅子，没有人。

你给我滚远点，快滚。

他推着椅子下场，小声嘀咕着。

安特罗布斯先生：

你在干什么，亨利？

亨利：

每个人都在气头上，每个人都想教训教训你。

我会让他后悔的，会让他后悔的。

安特罗布斯先生：

把那个弹弓给我。

亨利：

我不。我不该来这里，真希望我不在这儿，真希望我不存在。

安特罗布斯太太：

亨利，别瞎激动。我承认，我们不知道该拿你怎么办。把你的弹弓放到口袋里，不要试图去占有本来不属于你的东西。

安特罗布斯先生：

之后你可以留在家里，我不会再管你了。

安特罗布斯太太：

过来，我们把这件事忘了吧。大家好好呼吸一下海风，冷静冷静。

一个路过的集会者向安特罗布斯先生鞠躬，安特罗布斯先生点点头。

乔治，你在和谁说话？

安特罗布斯先生：

没有谁，玛吉。就是选举的时候和我竞争的那个候选人。

安特罗布斯太太：

选举的时候和你竞争的人！！

她转过身去，对着已经消失的集会者挥舞着雨伞。

我丈夫没有和你说话，他也永远不会和你说话。

安特罗布斯先生：

好了玛吉。

安特罗布斯太太：

你的演讲里提到了他们编造的那些谎言！谎言，他们就是这样。

格拉迪丝和亨利：

妈妈，大家都在看你。大家都在笑话你呢。

安特罗布斯太太：

你要知道，我丈夫是个圣徒，一个彻头彻尾的圣徒。你没有资格在街上和他说话。

安特罗布斯先生：

好了玛吉，好了玛吉，可以了。

安特罗布斯太太：

乔治·安特罗布斯，你是个完美的普通人。你不为自己说话，我会为你说话。

格拉迪丝：

妈妈，大庭广众之下你这样表现真不好。

安特罗布斯太太：

（笑了起来）我喜欢，我感觉好多了。希望他的妻子刚好听到了。孩子们，你们想干点什么？

格拉迪丝：

爸爸，我们能坐一坐那些椅子吗？妈妈，我想坐一坐。

安特罗布斯太太：

不行。你要是累的话就原地坐下，我们可没有钱花在这些蠢事儿上。

安特罗布斯先生：

玩这个的钱我们应该还是有的，这也是在大西洋城必做的事情之一呀。

安特罗布斯太太：

哦，我们有钱？我告诉你，孩子们能有鞋穿就是个奇迹了。我是不会允许他们坐在椅子上被推来推去的。

安特罗布斯先生：

我们是在度假不是吗？我觉得大家有权利享受一下。玛吉，总有一天你会把我逼疯的。

安特罗布斯太太：

行，去吧。我就坐在这里，看你们笑话。你把我的钱给我，记住我的话，要下雨了。马上就要下雨了，我从骨子里感觉到了。去吧，把你的钱扔出去。我可以挨饿，我以前也挨过饿，我知道是怎么回事。

一个集会者把头从土耳其浴室的窗户里伸出来，挑着眉毛说道。

集会者：

你好，乔治。你好吗？我看你带着全家人一起出来了。

安特罗布斯太太：

你这话什么意思？

集会者把头缩回去，关上了窗户。

安特罗布斯先生：

玛吉，我告诉你，我的忍耐是有限度的。上帝啊，我工作得还不够多吗？我就不能放个假吗？我都不能带孩子们坐一坐滚轮椅吗？

安特罗布斯太太：

（伸出手来接雨滴）反正，马上就要下雨了，你还要在广播里发言。

安特罗布斯先生：

玛吉，我现在警告你。一个男人对于家庭只能忍受这么多了。我警告你。

萨宾娜从游戏厅走出来。她穿着 1905 年的红色荷叶边丝绸泳装，红色的丝袜和鞋子，拿着一把红色阳伞。她很淑女地向安特罗布斯先生鞠躬，沿着坡道走下来。安特罗布斯先生和孩子们都盯着她，安特罗布斯先生殷勤地鞠躬。

安特罗布斯太太：

乔治·安特罗布斯，你怎么能说这种话！你拥有这个世界上最好的家庭。

安特罗布斯先生：

早安，费尔韦瑟小姐。

萨宾娜走到乐池中的沙滩伞后，或者一个小屋里，从舞台上消失。

安特罗布斯太太：

乔治，你到底在和谁说话？

安特罗布斯先生：

（自鸣得意，温和地嘲讽）嗯……嗯……就是一个……索兰巴卡·凯莉。

安特罗布斯太太：

什么？我听不懂你在说什么。

格拉迪丝：

妈妈，她是不是很美？

亨利：

爸爸，把她介绍给我。

安特罗布斯太太：

孩子们，我在问你们父亲一个简单的问题，你们能安静一下吗？——你刚刚说是谁，乔治？

安特罗布斯先生：

怎么了——啊……就是一个朋友。一个善良文静的女孩。

安特罗布斯太太：

还有呢？

安特罗布斯先生：

玛吉，就是我在选美比赛中给她颁奖的那个女孩——一九四二年的大西洋城小姐。

安特罗布斯太太：

哼！我看她很像萨宾娜。

亨利：

（站在栏杆边）妈妈，那个救生员也认识她。妈妈，他和她很熟。

安特罗布斯先生：

亨利，过来。——她是一个各方面都很出色的女孩，也是她年迈的母亲唯一的依靠。

安特罗布斯太太：

萨宾娜也是，萨宾娜也是这样。得有一片冰川，才能让你看清萨宾娜这个人。——亨利，过来坐在凳子上。

安特罗布斯先生：

她和萨宾娜完全不一样。费尔韦瑟小姐是个大学生，是美国大学优等生荣誉学会的会员。

安特罗布斯太太：

亨利，你坐到妈妈身边来。格拉迪丝——

安特罗布斯先生：

（坐着）因为条件所限，她不得不在游戏厅做女招待，但没有人比她更有原则了。

安特罗布斯太太：

咱们别聊这个了。——亨利，我还没见过鲸鱼呢。

安特罗布斯先生：

她会七种语言，指头缝里的文化都比你这辈子学到的更多。

安特罗布斯太太：

（假装出温柔可亲的状态）好，好，乔治。我很高兴知道在游戏厅里还有这么优秀的女孩。——亨利，那是什么？

指着风暴信号标，上面有一个黑色圆盘。

亨利：

爸爸那是什么？

安特罗布斯先生：

什么？哦，那是风暴信号标。一个黑色圆盘表示坏天气，两个表示着风暴，三个表示飓风，四个表示世界末日。

在他们看着风暴标时，第二个黑色圆盘滚了下来。

安特罗布斯太太：

天哪！我现在就去给你们买几件雨衣。

格拉迪丝：

（把脸贴在父亲的肩膀上）妈妈，先别走。我喜欢这样坐着，海浪一波又一波。爸爸，你不喜欢吗？

安特罗布斯太太：

我离圆满只差一件事情了：我想看看鲸鱼。

亨利：

妈妈，我们都看到两只了，就在那儿。它们是参加大会的代表，我给你找一只。

格拉迪丝：

爸爸，问我点什么，问我一个问题。

安特罗布斯先生：

大海有多大？

格拉迪丝：

爸爸，你在跟我开玩笑。大海有——九亿三千万平方千米，大海——覆盖了地球表面的四分之三，最深的地方有九千米，平均深度是三千六百米。爸爸，问我一点儿难的，特别难的问题。

安特罗布斯太太：

（起身）我要去买雨衣了。我觉得天气会越来越糟，希望你广播演说之前没问题，我们差不多还有一个小时的时间。

亨利：

我希望暴风快点来，把它面前的一切呲呲呲呲。我希望——

安特罗布斯太太：

亨利！——乔治，我觉得……可能，这种风暴在陆地和海上情况一样糟糕，要是在一条坚固的船上，应该和陆地上一样安全，说不定更安全。

亨利：

码头尽头有一艘船。

安特罗布斯太太：

好，你关注一下。乔治，你闭会儿眼睛，在广播之前好好休息一下。

安特罗布斯先生：

真是吵死了，我什么时候睁眼，什么时候闭眼，还用别人告诉我吗？去买你的雨衣吧。

安特罗布斯太太：

孩子们，你们有十分钟时间可以四处走走。十分钟。还有亨利，管住你自己。格拉迪丝，跟在你哥哥身边，别丢了。

他们跑开。

你没问题吧，乔治？

集会者们从游戏厅和海盐糖果店里探出头，乐池里传来各种声音。

集会者们：

乔治。乔——奥——奥——治！乔治！把老母鸡留在家里，乔治。顾——家——的——男人乔治！

安特罗布斯太太：

（抖了抖她的雨伞）一群低俗的白痴！他们就是这样。一个男人要是想的话，完全可以带着自己的妻子来参加集会。

她往场边走去。

我想知道，有个家怎么了？不然还有什么值得他们去奉献?

安特罗布斯太太下场。安特罗布斯先生闭上了眼睛，预言家从她的店里出来，走到左侧幕旁。她靠在台侧，打量着萨宾娜。

预言家:

呵！他来了！

萨宾娜:

(低语)他在干吗?

预言家:

噢，他在等你。咬紧嘴唇，亲爱的，深呼吸，上来吧。

萨宾娜:

好紧张。我的整个未来都取决于此，我好紧张。

预言家：

别犯傻，你还想要什么呢？他四十五岁了，头脑有点儿发晕。他刚刚被选为总统，除了妻子，他从来没有认识过别的女人。他只要看着她，就会意识到妻子了解自己做过的每一件蠢事。

萨宾娜：

（仍旧在低语）不知道为什么，但每次干这种事，我都很紧张。

预言家站在舞台中央旁观着接下来的事情。

预言家：

你让我觉得很累。

萨宾娜：

给我算算命吧。

预言家不露声色地笑着，摆了摆手示意这个问题毫无意义。萨宾娜咳嗽了几下，说道。

噢，安特罗布斯先生——我可以打扰一下，和您说几句话吗？

安特罗布斯先生：

什么？——噢，当然，当然，费尔韦瑟小姐。

萨宾娜：

安特罗布斯先生……我一直都很不快乐。我一直想……我想确定，您不会觉得我是那种去参加选美比赛的女孩。

预言家：

就是这样！

安特罗布斯先生：

噢，我理解，我完全能理解。

预言家：

接着说，继续。

萨宾娜：

我知道您不会这么想。我母亲今早对我说——莉莉，她说，那位好心的安特罗布斯先生把奖给了你，因为他一眼就看出来，你不是会去做这种事的女孩。但说真的，安特罗布斯先生，在这个世界上，说真的，一个好女孩也不知道该去哪里。

预言家：

太过了。

安特罗布斯先生：

亲爱的费尔韦瑟小姐！

萨宾娜：

您有那么好的妻子和女儿，您不会知道这有多难。噢，我觉得安特罗布斯太太是我见过的最好的女人，真希望我也能像她一样。

安特罗布斯先生：

还好，还好。每个人……啊……都会找到自己的一席之地，费尔韦瑟小姐。

萨宾娜：

您能这么说真是太好了。您真善良！安特罗布斯先生，您这会儿有空儿吗？……我怕我在这里有点儿显眼……您能不能到我的沙滩小屋来待一会儿……？

安特罗布斯先生：

为什么，呃，好，当然可以……就一会儿……就一会儿。

萨宾娜：

那儿有一张躺椅。主要是，您看起来确实太累了。就今天早上，我母亲还对我说——莉莉，她说，我希望安特罗布斯先生能好好休息，他那漂亮又坚强的脸上有很深很深的皱纹。安特罗布斯先生，您的工作是不是太辛苦了？

预言家：

中了！

她走回自己的店里。

萨宾娜：

现在您就伸个懒腰吧。我一个字都不说，什么都不说。我就坐在那儿——一切保密。我就是这样的。

安特罗布斯先生：

（握住她的手）费尔韦瑟小姐……你会……把我宠坏的。

萨宾娜：

稍等，我有话要和观众说。——女士们先生们，今晚我不会表演这场戏。这场戏很短，我们直接跳过。我会告诉你们发生了什么，然后我们直接接着演。在这场戏中——-

安特罗布斯先生：

（闭着嘴发音）但是，萨默塞特小姐！

萨宾娜：

很抱歉很抱歉。但我必须跳过这场戏。在这段戏中我和安特罗布斯先生谈了话，最后他决定离开他的妻子，在里诺离婚然后和我结婚，就是这样。

安特罗布斯先生：

费兹！——费兹！

萨宾娜：

我都告诉你们了，现在我们可以跳到这段结尾——然后你说……

舞台监督费兹帕特里克先生怒气冲冲地走上场。

费兹帕特里克先生：

萨默塞特小姐，我们坚持要求你表演这场戏。

萨宾娜：

对不起，费兹帕特里克先生，但我不能演，我也不会演的。观众需要了解的我都已经告诉他们了，现在可以继续。

其他演员开始出现在舞台上，听着。

费兹帕特里克先生：

你为什么不能演呢？

萨宾娜：

因为这场戏里有一些台词会伤害到一些人的感情。我认为剧院不应该是一个伤害别人感情的地方。

费兹帕特里克先生：

萨默塞特小姐，你可以收拾东西回家了。我会给替补演员打电话，我也会把你的事情通报给董事会。

萨宾娜：

我让替补去街角喝咖啡了。如果董事会要罚我，我就把案子弄到最高法院去。听着，大家没必要这么激动。

费兹帕特里克先生和安特罗布斯先生：

你为什么不能演……这场戏怎么了？

萨宾娜：

行，你们非要知道的话。今晚的观众里有一位是我个人邀请来的，她的生活并不快乐。我不会让我的朋友听到这样的台词。我想作者没有意识到，有些女人可能有过这样失去丈夫的经历。我非常不愿意去讲我朋友的生活细节，但是……好吧，他们已经结婚二十年了。在他发财之前，她洗衣做饭包揽了所有的事。

费兹帕特里克先生：

萨默塞特小姐，你的朋友不会怪你。我们必须把这场戏演了。

萨宾娜：

我永远，永远不会说出这样的台词……什么“男人每七年就会换一个妻子”，还有什么……什么“伊斯兰教徒是唯一正视这个问题的人群”。永远。

费兹帕特里克先生：

萨默塞特小姐！你回更衣室去，我来读你的台词。

萨宾娜：

大家的神经都很敏感。

安特罗布斯先生：

跳过这场戏吧。

费兹帕特里克先生和其他演员下场。

萨宾娜：

谢谢，我知道你会理解的。我们就按我说的做吧。所以，安特罗布斯先生要和他的妻子离婚，和我结婚。安特罗布斯先生，你说："要和我妻子坦白这些不容易。"

演员们都下场了。安特罗布斯先生来回踱步，手扶着额头嘀咕着。

安特罗布斯先生：

等一下，我没法这么快进入状态。"我妻子是一个非常固执的女人。"嗯……然后你说……嗯……费尔韦瑟小姐，我是说莉莉，要和我妻子坦白这些不容易，这会有点伤害她的感情。

萨宾娜：

听着乔治，其他人没有感情。他们和我们不一样——我们，是像你这样的总统和像我这样的获奖者。听着，其他人没有感情，他们只是觉得自己有感情。过不了两个星期，他们又开始打桥牌，看电影了。

听着亲爱的，世界上除了少数像你我这样的人，都是稻草人，大部分人根本就没有灵魂。你是总统了，你会明白这一点。听着亲爱的，这世界的顶层就是一个秘密社会——像你我这样的人才知道。这个世界是为我们而造的。生活是什么？不过两件事，快乐和权力。生活是什么？无聊！无知。就是这样的，除了快乐和权力，生活让人恶——呃——呃——心。所以——来吧！

她靠近他，他们接吻。

那，等你妻子来的时候，就很简单了，直接告诉她。

安特罗布斯先生：

莉莉，莉莉，你真是个了不起的女人。

萨宾娜：

当然了。

他们走进小屋，离开了观众的视线。远处在打雷，天气信号标上出现了第三个黑色圆盘，可以听到雷声。安特罗布斯太太拿着包裹上场，她环顾四周后，坐在左边的长椅上，用手帕为自己扇风。格拉迪丝从右侧上场，身后跟着两个集会者。她穿着红色的丝袜。

安特罗布斯太太：

格拉迪丝！

格拉迪丝：

妈妈，我在这儿。

安特罗布斯太太：

格拉迪丝·安特罗布斯！！！你从哪儿弄的这可怕的东西？

格拉迪丝：

怎，怎么了？爸爸喜欢这个颜色。

安特罗布斯太太：

你现在就给我回酒店去！

格拉迪丝：

我不，我不回去。爸爸喜欢这个颜色。

安特罗布斯太太：

好，行。你就在这儿。我有个好主意，就让你父亲看看你这个样子。你就待在这儿。

格拉迪丝：

我……我不想待在这儿……要是你觉得他不喜欢。

安特罗布斯太太：

噢……都是同一件事情。我不在乎发生了什么，我不在乎世界上最大的风暴是不是要来了，让它来吧。

（握紧自己的手）你哥哥呢？

格拉迪丝：

（小声地）他马上回来。

安特罗布斯太太：

是吗？好，让他去惹麻烦吧。我不在乎，说真的，我也不知道你父亲在哪儿。

小屋里传出笑声。

格拉迪丝：

（倚靠在栏杆上）我觉得他……妈妈，他在和那个穿红衣服的女士说话。

安特罗布斯太太：

是吗？

停顿。

我们在这儿等他忙完。来我身边坐下，别心烦……你哭什么？

远处的雷声。她用一件雨衣盖住格拉迪丝的袜子。

格拉迪丝：

你不喜欢我的丝袜。

两个集会者拿着一个麦克风和各种设备冲进来。预言家出现在她的店门口。其他人也逐渐聚集起来。

广播负责人：

安特罗布斯太太！谢天谢地终于找到您了。安特罗布斯先生在哪儿？我们一直在到处找他。是时候通过广播向全世界致辞了。

安特罗布斯太太：

（冷静地）他应该马上就过来。

广播负责人：

安特罗布斯太太，要是他不能准时出现，希望您能同意代替他发言。这可是今年最重要的广播节目。

萨宾娜走出小屋上场，安特罗布斯先生跟在她身后。

安特罗布斯太太：

不，我不发言。我什么都不想说。

广播负责人：

那您能帮我们找找他吗，安特罗布斯太太？风暴就要来了。一场飓风，一场大暴雨。

第二位集会者：

（在栏杆旁看到了安特罗布斯先生）乔！乔！他来了。

广播负责人：

上帝做证，安特罗布斯先生，您五分钟后要在广播里发言，能否劳烦来测试一下设备？就这点儿事情，可以的话请慢慢地念一下字母表。

安特罗布斯先生板着脸，脚步沉重地沿着斜坡走上来。走到露出了上半身的地方，他停下来，带着命令的语气跟广播负责人说话。

安特罗布斯先生：

时间一到我就可以开始。在那之前请先离开。你们走开，我有话要跟我妻子说。

广播负责人：

（呜咽）安特罗布斯先生！这是今年最重要的一次广播节目。

工作人员都退到舞台边缘。萨宾娜跟在安特罗布斯先生身后悄悄地走上来。

萨宾娜：

（低语）别让她争辩，记住这件事没什么好争辩的。

安特罗布斯先生：

玛吉，我要从酒店搬出去。事实上，我要彻底离开，为了大家好，我要和费尔韦瑟小姐结婚了。我会为你和孩子们提供足够的资助，过几年你会发现一切都是最好的安排。我要说的就这些。

广播负责人：

安特罗布斯先生！希望您准备好了，这是今年最重要的一次广播节目。

游戏主持人：

（同时）A-9，A-9。D-42，D-42。C-30，C-30。B-17，B-17。C-40，C-40。

格拉迪丝：

妈妈，爸爸在说什么？我没听到爸爸说什么。

气氛组：

（同时）Bingo！

广播负责人：

安特罗布斯先生，我们需要您念字母表来测试声音。

安特罗布斯先生：

走开，全都走开。

安特罗布斯太太：

（低垂着眼，沉着地）乔治，你先把脸上那些愚蠢的红印擦掉，否则我不想和你说话。

安特罗布斯先生：

没什么可说的，该说的我都已经说了。

萨宾娜：

棒！

安特罗布斯先生：

你是个好女人，玛吉，但是……但是一个男人在世界上也有他自己的生活要过。

安特罗布斯太太：

咱们一起生活了五千年了，我还是有权利说两句，不是吗？

安特罗布斯先生：

（对萨宾娜）我怎么回答？

萨宾娜：

跟她说，要谈只会伤害她的感情。长——痛——不——如——短——痛。

安特罗布斯先生：

我只是想尽力照顾你的感受，玛吉。

广播负责人：

安特罗布斯先生，飓风信号已经出现了。咱们现在就可以开始了。

安特罗布斯太太：

（平静地，梦一般地）我嫁给你，不是因为你很完美。我嫁给你，甚至不是因为我爱你。我嫁给你，是因为你给了我一个承诺。

她摘下戒指，看着它。

那个承诺弥补了你的缺点，而我给你的承诺弥补了我的缺点。两个不完美的人结婚，是承诺成就了婚姻。

安特罗布斯先生：

玛吉……我那个时候才十九岁。

安特罗布斯太太：

（把戒指戴回手上）当孩子们长大后，保护他们的不是房子，也不是我们的爱，保护他们的是那个承诺。当承诺被打破时——就会发生这样的事！

她手一挥掀掉了格拉迪丝身上的雨衣，丝袜露了出来。

安特罗布斯先生：

（伸出胳膊，惊恐万状）格拉迪丝！！你疯了吗？大家都疯了吗？

转头对着萨宾娜。

是你干的！是你给她的。

萨宾娜：

我一句话没跟她说过。

安特罗布斯先生：

（对格拉迪丝）你回酒店去，把这可怕的东西脱了。

格拉迪丝：

（大胆地）我走之前，有件事要跟你说——关于亨利。

安特罗布斯太太：

（拍了拍手，不容分说地）别吵了——乔治，我带她回酒店。走之前我有封信……我有封信要扔到海里去。

她在手提包里摸索。

那个被诅咒的东西呢？在这儿。

她把一个东西——大家看不到——越过观众头顶远远扔到剧院的后面。

是一个瓶子，瓶子里有封信。信里写着一个女人知道的所有事情。从未对任何男人说过，也从未对任何女人说过，如果它能抵达目的地，一个新的时代将会到来。我们不是书本和戏剧中所说的那样，不是广告所说的那样。我们不在电影里，也不在广播里。

我们不是你们听说的那样，也不是你们想象的那样。

我们是我们自己。如果有男人能找到我们其中之一，他会明白为什么整个宇宙可以运转。如果有男人伤害我们之中的任何一个人，他的灵魂——他唯一的灵魂——最好沉入海底——就该这么办。格拉迪丝，过来，我们回酒店。

她紧紧拽着格拉迪丝的手，但格拉迪丝挣脱了她，走下来和她父亲说话。

萨宾娜：

事已至此，别多想了。

格拉迪丝：

我觉得应该让你知道，亨利拿石头砸了一个人。他砸了一个推椅子的黑人，那人情况很严重。亨利跑了，躲了起来，警察一直在找他。如果你不想跟我和妈妈有任何关系，我一点儿也不在乎，因为我再也不喜欢你了，我希望再也没有人喜欢你——就这样！

她跑开，安特罗布斯先生在后面追她。

安特罗布斯先生：

我……我得去看看怎么办。

萨宾娜：

你就待在这里，情绪激动的时候你哪儿都不要去。老天爷啊，这些事儿等一百年后谁都不会记得。来吧，你已经在直播了。随便说点儿什么——说什么都行，多说点儿鸟啊鱼啊什么的。

广播负责人：

谢谢你，费尔韦瑟小姐。非常感谢。准备好了，安特罗布斯先生。

安特罗布斯先生：

（碰了碰话筒）这是什么，这是什么？我在和谁说话？

广播负责人：

怎么了安特罗布斯先生！您要对我们的族类和其他族类讲话。

安特罗布斯先生：

（抬起头）这些鸟在干什么？

广播负责人：

就只是一些鸟。那些是参加我们大会的代表——每一类有两只。

安特罗布斯先生：

（指着观众席）你看水里，你看它们，好多鱼在跳。应该让孩子们看看！——那是玛吉的鲸鱼！！玛吉，你的鲸鱼！！

广播负责人：

安特罗布斯先生，希望您准备好了。

安特罗布斯先生：

看看海滩！你没告诉我大家会在这里！

萨宾娜：

是的，乔治。动物们都来了。

广播负责人：

（忙着弄设备）是的，安特罗布斯先生，这些是脊椎动物。我们希望您讲完之后，狮子也可以说两句。上来吧，安特罗布斯先生，我们都准备好了。我们只有暴风雨前这点儿时间了。

（停顿，声音嘶哑地低语）他们都在等着呢。

天快黑了。他刚开始讲话，就有人吹起响亮的口哨。奇怪的灯光开始在舞台上来回快速晃动。其他人物都从舞台上消失了。

安特罗布斯先生：

朋友们，表兄弟们。九百亿年前，我们的祖先在这个星球上孕育了生命的火花。

他的声音被雷声淹没了。雷声停止时，预言家站在他身边。

预言家：

安特罗布斯先生，一分钟都不能耽误了。你没看到天气信号标上的四个圆盘吗？带上你的家人到码头尽头的船上去。

安特罗布斯先生：

我的家人？我没有家人。玛吉！玛吉！他们不会来的。

预言家：

他们会来的。安特罗布斯先生！把这些动物一起带到船上去。所有动物——每类两个。

萨宾娜：

乔治，你怎么了？这只是一场普通的风暴。

安特罗布斯先生：

玛吉！

萨宾娜：

和我待在一起，我们去……

（失去了信心）这就是又一场暴雨——对吗？对吗？

安特罗布斯先生：

玛吉！！！

安特罗布斯太太和格拉迪丝出现在他身边。

安特罗布斯太太：

（陈述事实）我在这儿，格拉迪丝在这儿。

安特罗布斯先生：

你们去哪儿了？去哪儿了？快，我们要上那边的船。

安特罗布斯太太：

我知道，但我还没找到亨利。

她走到黑暗的地方，喊着：“亨利！”

萨宾娜：

（低沉而急切地絮叨着，偶尔会提高音量）我不信。我不相信能有多严重。我见过上百次这样的风暴。

预言家：

没有时间了，走。推着动物在你们前面走。去开始一个新的世界，重新开始。

萨宾娜：

埃斯梅拉达！乔治！告诉我——真的很严重吗？

安特罗布斯先生：

（突然忙了起来）大象先走。轻点儿，轻点儿——看着点你要去哪儿。

格拉迪丝：

（俯身在坡道上，敲着一只动物的背部）停，不然你要落在后面了！

安特罗布斯先生：

袋鼠在吗？在这儿！把乌龟放在你的口袋里，好吗？

（对着另外一些动物指指自己的肩膀）这儿！跳上来。你会被踩死的。

格拉迪丝：

（指着下面，对父亲说）爸爸你看——那些蛇！

安特罗布斯太太：

我找不到亨利。亨利！

安特罗布斯先生：

往前走，往前走。爬到它们背上。狼！豺狼——随便你是什么——照看好你们自己的事！

格拉迪丝：

（指着一处，温柔地）爸爸，看。

萨宾娜：

安特罗布斯先生——带上我吧。别把我留在这儿。我可以工作，我可以帮忙，我什么都愿意干。

三个集会者穿过舞台，举着旗子行进。

集会者：

乔治！你怕什么？——乔治！伙计，看起来要下雨了。——“玛吉，我的伞呢？”——乔治，马戏表演要开始了。

安特罗布斯先生：

（又一次抓住妻子的手）走吧玛吉——码头随时都会塌掉。

安特罗布斯太太：

没有亨利我绝对不会走。亨利，亨利！

格拉迪丝：

（在坡道上）妈妈！爸爸！快点。码头已经裂开了，妈妈，它要塌了。

安特罗布斯太太：

亨利！该隐！该隐！

亨利冲上舞台，和母亲会合。

亨利：

我在这儿，妈妈。

安特罗布斯太太：

感谢上帝！——快来。

亨利：

我以为你不想要我了。

安特罗布斯太太：

快！

她把亨利推到她面前的过道上。安特罗布斯先生一家人都在剧院的过道上，萨宾娜站在坡道的最上方。

萨宾娜：

安特罗布斯太太，带上我。您不记得我了吗？我可以工作，我可以帮忙的。别把我丢在这里！

安特罗布斯太太：

（很不耐烦，但似乎这件事也没那么重要）对，对。有很多工作要做。你快点儿。

预言家：

（此刻主宰着舞台，对着萨宾娜露出冷酷的笑容）是的，去吧——回厨房去。

萨宾娜：

（走到一半，对预言家）不知道为什么，我的生活总是在一帆风顺的时候被打断！！

她冲到过道上。集会者们出现在舞台上，跳起了蛇形舞。他们嘲讽着预言家。

集会者们：

找一条独木舟——一分钟都不能耽误了！和我讲讲我的未来，骗子太太。

预言家：

在水里扑腾吧，小伙子们——尽情享受吧。

游戏厅里的声音：

A-9，A-9。C-24，C-24。

集会者们：

破布麻袋，瓶瓶罐罐。

预言家：

回家去爬到你的房顶上，把破布塞进门缝里——什么都挡不住洪水。你们有过机会，你们有过机会。你们失败了，失败了。

游戏厅里的声音：

B-15，B-15。

预言家：

（遮住眼睛，望向大海）他们安全了。乔治·安特罗布斯！好好想想！要创造一个新的世界——好好想想！

——幕落——

第三幕

The Skin of Our Teeth

大幕升起之前，舞台上传来两声走音的军号声。幕启时场上一片漆黑。在第一幕中组成安特罗布斯先生家墙壁的景片几乎都挂了起来，倾斜着靠在一起，留下不规则的缝隙。后墙缺了两块景片，导致窗户和门的样子变形得很厉害。右后方台下，一些红色的火焰正在燃烧。军号声再次响起，萨宾娜从倾斜的门走进来。她穿着脏兮兮的红蓝相间的衣服，打扮得就像拿破仑时代的军妓，“军中女郎”。

萨宾娜：

安特罗布斯太太！格拉迪丝！你们在哪儿？

战争结束了，战争结束了。你们可以出来了。和平条约已经签署了。

她们在哪儿？——哎呀！她们也死了吗？安安安安特罗布斯太太！格拉啊啊啊迪丝！安特罗布斯先生今天下午就回来，我刚才在市中心看见他了。快哎哎哎点儿把东西都收拾好。他说，战争已经结束了，我们都要安定下来，要好好的。

舞台监督费兹帕特里克先生上场，整个团队都来了，正站在舞台边缘等待。费兹帕特里克先生试图打断萨宾娜。

费兹帕特里克先生：

萨默塞特小姐，我们得停一下。

萨宾娜：

他们可能躲在后面——

费兹帕特里克先生：

萨默塞特小姐！我们得停一下。

萨宾娜：

怎么了？

费兹帕特里克先生：

我们有件事要向观众解释一下。——灯光，麻烦一下。

（对扮演安特罗布斯先生的演员说）你能不能跟观众说明一下情况？

灯光亮起。观众可以看到舞台后方，也就是安特罗布斯先生家的墙后面，搭起了一个阳台或逃生梯。左右两端各有梯子一样的台阶延伸到舞台上。

安特罗布斯先生：

女士们先生们，后台发生了一些意外，应该说是又发生了一些意外。

萨宾娜：

抱歉，抱歉。

安特罗布斯先生：

管理层觉得，事实上我们都觉得，应该向大家道歉。我们不得不请大家包容这次非常严重的事故。我们有七个演员……病倒了。看起来应该是吃坏了东西，我也不太清楚到底是怎么回事。

演员们纷纷议论了起来，安特罗布斯先生举起手。

现在，现在——一个一个来。费兹，你知道是怎么回事吗？

费兹帕特里克先生：

嗯，事情很清楚。这七个演员是一起吃的晚饭，他们吃的东西不太合适。

萨宾娜：

不太合适！！！他们是食物中毒。他们此刻正痛苦地待在贝尔维尤医院里，正在痛苦地洗胃。

安特罗布斯先生：

幸运的是，我们刚刚得知他们都会康复。

萨宾娜：

他们要是能康复，那就是个奇迹，彻头彻尾的奇迹。是柠檬酥皮派的问题。

演员们：

是鱼……是因为西红柿罐头……是鱼。

萨宾娜：

是柠檬酥皮派。我亲眼看见的，底下都发霉了。

安特罗布斯先生：

不管什么原因，他们都没法演出了。自然，我们也没有足够的替补演员来填上这些空缺。但是我们有一些特别棒的志愿者，他们愿意帮个忙。这些朋友看过我们排练，也向我们保证，他们对台词和剧情都非常熟悉。让我向大家介绍一下——我的换装员，特雷梅恩先生——他之前是一位出色的莎剧演员；我们的服装管理员赫斯特；萨默塞特小姐的女佣艾薇，还有弗雷德·贝利，这个剧院场务的领队。

几位谦虚地鞠躬。艾薇和赫斯特都是有色人种女孩。

这场戏是在全剧的尾声。很抱歉我们需要进行简短的排练，就很简单地过一遍。然后，因为有些戏是在观众席，所以我们会保持大幕拉开。如果有观众需要，可以去剧院前厅抽会儿烟，其他观众可以听我们排练，或者……或者你们想小声聊聊天，都可以。谢谢大家。费兹帕特里克先生，现在你可以继续了吧？

费兹帕特里克先生：

谢谢大家。—— 有人在看我们排练的话，我要解释一下。这一幕的最后，男人们从战争中归来，一家人也在这所房子里安定下来了。作者想表现夜里时间从他们头顶掠过，行星们穿过整个夜空……嗯……从他们头顶掠过。作者所说 —— 这很难解释 —— 夜晚的每一个钟头都是一位哲学家，或者是一位伟大的思想家。比如十一点钟是亚里士多德，九点钟是斯宾诺莎之类的。我觉得这没什么特殊意义，就是一种诗意的效果。

萨宾娜：

没有任何意义！怎么说，当然有意义。十二点钟经过的时候说了一些很棒的话。我觉得这意味着人们睡着的时候，他们会有很多有趣的想法，比醒着的时候要有趣得多。

艾薇：

不好意思，我想这意味着——不好意思，费兹帕特里克先生——

萨宾娜：

你刚才想说什么，艾薇？

艾薇：

费兹帕特里克先生，我父亲是一位浸信会的牧师，您之前让他来看过排练。他说作者想表达的是——在夜里时间和行星从我们头顶掠过，同样的，伟人们的理念和思想也一直存在于我们周围，并且始终影响着我们，即使我们并没有意识到。

费兹帕特里克先生：

是的，是的，可能是这么回事。谢谢你，艾薇。总之——夜晚的时间是一群哲学家们。朋友们，大家准备好了吗？艾薇，你可以扮演十一点钟吗？“这种充满能量掌控目标的心灵完满状态，我们称之为神性。”亚里士多德。

艾薇：

好的，先生。我知道这句，我也知道十二点钟和九点钟的。

费兹帕特里克先生：

十二点钟？特雷梅恩先生，《圣经》。

特雷梅恩：

好的。

费兹帕特里克先生：

十点钟？赫斯特——柏拉图？

她急切地点点头。

费兹帕特里克先生：

九点钟，斯宾诺莎，弗雷德？

贝利：

好的，先生。

弗雷德·贝利拿起一个巨大的镀金纸板做的数字“9”，沿着台阶向后方平台走去。费兹帕特里克先生一拍自己的脑门。

费兹帕特里克先生：

行星！！我把行星们都给搞忘了。

萨宾娜：

噢天哪！行星！他们也病了？

演员们点头。

费兹帕特里克先生：

女士们先生们，行星们都是歌者。这个我们代替不了，所以这场戏中需要大家想象一下他们在唱歌。土星在乐池里歌唱，月亮在上面歌唱，火星手拿一个红色的灯笼，站在那边的过道上——嚓，嚓，嚓。真遗憾，整体效果特别好。不过！准备好了——九点钟：斯宾诺莎。

贝利：

（由左至右缓缓走过平台）在经验使我明白，日常生活中所见的一切都是徒劳无益之后——

费兹帕特里克先生：

大点儿声，弗雷德。“我看到自身欲望与恐惧的对象——”

贝利：

我看到自身欲望与恐惧的对象本身并无好坏之

分，只是心灵受到了它们的影响——

费兹帕特里克先生：

剩下的你都知道吗？好。十点钟，赫斯特，柏拉图。

赫斯特：

那么告诉我，克里提亚斯啊，一个人将如何选择治理自己的统治者？他难道不是——

费兹帕特里克先生：

谢谢。跳到最后，赫斯特。

赫斯特：

在公民中的影响都会增加上千倍。

费兹帕特里克先生：

谢谢。——亚里士多德，艾薇？

艾薇：

“这种充满能量掌控目标的心灵完满状态，我们称之为神性。我们凡人身上偶尔会有，这种能量也是最愉悦美妙的。但上帝永远拥有它。这在我们身上是很好，但在他身上则更为奇妙。”

费兹帕特里克先生：

十二点钟，十二点钟，特雷梅恩先生。对——你之前表演过。——可以了各位。大家已经知道要做什么了。——降下大幕，亮起场灯。《九死一生》第三幕开始。

大幕落下时还能听见他在说。

你们这些志愿者，穿自己的衣服就可以了，不用换演员的服装。

场灯熄灭，第三幕从头开始。军号声响起，大幕升起，萨宾娜上场。

萨宾娜：

安特罗布斯太太！格拉迪丝！你们在哪儿？战争结束了。这段你们都听过了——

（滔滔不绝地开始讲重点）她们，在，哪儿？她们，也死了，吗，什么什么的。我，刚刚在，市中心，看到，安特罗布斯先生，什么什么的。

（语速慢下来）他说，战争已经结束了，我们都要安定下来，要好好的。她们可能躲在后面什么地方呢。安特——罗布斯，太太。

萨宾娜下场，屋里更亮了一些。安特罗布斯太太小心翼翼地抬起地板门，露出半个身子，侧耳倾听着。她蓬头垢面，衣衫褴褛，穿着一条破破烂烂的裙子，披肩遮着自己半个头部。她在跟地板门下面的人说话。

安特罗布斯太太：

有亮光。纽瓦克，或者泽西城的方向，那边还有些火光。什么？是的，我发誓我刚才听到有人在上面走动。但我一个人都没看到。我说：我一个人都没看到。

她走上舞台。格拉迪丝的头冒了出来，她抱着一个婴儿。

格拉迪丝：

噢妈妈，小心点儿。

安特罗布斯太太：

格拉迪丝，你先躲起来。

格拉迪丝：

让我在这儿待一会儿，我想让孩子呼吸一点儿新鲜空气。

安特罗布斯太太：

好吧，但是警惕一些。我去找找看，马上给你准备一盘热汤。格拉迪丝·安特罗布斯！你知道我看见什么了吗？老霍金斯先生正在打扫他A&P 商店门口的人行道，他在拿着扫帚扫地。怎么搞的，他一定是跟其他人一样，都疯了！我看到还有一些人也在路上走。

格拉迪丝：

妈妈，回来，回来吧。

安特罗布斯太太走回到地板门旁边，倾听着。

安特罗布斯太太：

格拉迪丝，气氛有点儿不一样，大家的动作都有点儿不一样。我看到有些女人就在大马路中间走着。

萨宾娜的声音：

安特——罗——布斯太太！

安特罗布斯太太和格拉迪丝：

什么声音？！！

萨宾娜的声音：

格拉——迪丝！安特——罗——布斯太太！

萨宾娜上场。

安特罗布斯太太：

格拉迪丝，是萨宾娜的声音，我敢肯定。——萨宾娜！萨宾娜！——你还活着？！！

萨宾娜：

我当然还活着。你们还好吗？——别亲我，只要我还活着，我不想亲吻任何人类。嘘，嘘，没什么好激动的。振作起来，战争已经结束了。深吸一口气——战争已经结束了。

安特罗布斯太太：

战争结束了！！我不信。我不相信，我没法相信。

格拉迪丝：

妈妈！

萨宾娜：

那是谁？

安特罗布斯太太：

是格拉迪丝和她的孩子。我不信，格拉迪丝，萨宾娜说战争结束了。噢，萨宾娜。

萨宾娜：

（俯身靠近婴儿）天啊！这世界上还有婴儿！他能看见吗？他会哭吗？

格拉迪丝：

他会，他什么都感兴趣。

萨宾娜：

你从哪儿弄的孩子？噢，我不问了。—— 上帝啊，我这七年一直生活在军营里，都已经忘了正常举止了。—— 我们得准备一下男人们回家的事情了。—— 安特罗布斯太太，穿上你最好的衣服。安特罗布斯先生今天下午就要回来了，我刚刚在市中心看见他了。

安特罗布斯太太和格拉迪丝：

他还活着！！要回家了！！萨宾娜，你不是在开玩笑吧？

安特罗布斯太太：

亨利呢？

萨宾娜：

（冷冷地）亨利也活着，他们是这么说的。咱们不要停在这儿说话，你们收拾一下。格拉迪丝，你看起来太邋遢了，你有什么像样点儿的衣服吗？

萨宾娜把她们推向地板门。

安特罗布斯太太：

（露出半个身子）我有为今天这个特别的日子准备的衣服。可是萨宾娜——战争是谁赢了？

萨宾娜：

别在这儿停着——洗洗脸。

远处传来口哨声。

我的天，这个愚蠢的声音是什么？

安特罗布斯太太：

听起来像是……像是之前擦鞋厂午休的哨声。

安特罗布斯太太离场。

萨宾娜：

那就是了。感觉和平时期来得也太快了——擦鞋！

格拉迪丝：

（露出半个身子）萨宾娜，和平时期开始后，送奶工什么时候开始上门啊？

萨宾娜：

只要他抓到一头奶牛。亲爱的，给他点儿时间抓奶牛。

格拉迪丝离场。萨宾娜一边来回走动，一边思索着。

擦鞋！妈呀，我都忘了和平时期是什么样了。

她摇摇头，然后在地板门边上坐下，对着洞里的人说话。

安特罗布斯太太，你猜我今天一大早看到安特罗布斯先生在做什么？他在市政厅的门上贴了一张纸。你听到会很想死：是草汤的配方，一种让人不会腹泻的草汤。安特罗布斯先生还在不断发明新的东西。——他让我向你转达他的爱。他说，对于和平时期他有各种各样的想法。他说，不要再有懒惰和无知。哦对了！他的书呢？什么？好的，都拿上来。他最想先看到的就是他的书。他说如果你把那些书烧了，或者是老鼠把书啃了，那生活不值得重新开始。他说，每个人都会变得漂亮、勤奋、充满智慧。

一只手递出来两卷书。

这是什么语言？噗——模型！安特罗布斯太太，他还为你制订了计划，你要学习历史和代数——格拉迪丝和我也要学——还有哲学。你应该听听他是怎么说的。

又递来两卷书。

这些是英文的。——听他说的意思，是希望你成为一个全才，是圣人，也是一个大学教授，还是一个舞女。

又递来两卷书。

呃，德语！

她躺在地板上，一只胳膊撑着自己的下巴，沉思着。

是啊，我们还没意识到呢，和平就来了。再过一两个星期，我们就会邀请帕金斯夫妇来共度一个安静的桥牌之夜。我们会打开收音机，听到一种新牙膏如何取得巨大的成功。我们会跑去看电影，看浓妆艳抹的女孩子们表演。——所有这一切都会重新开始。噢，安特罗布斯太太，上帝原谅我，但我喜欢战争。战争时每个人都处在最佳状态，真遗憾战争结束了。还有，哦，我忘了！安特罗布斯先生还有一个消息要告诉你——你能听到吗？

亨利上场，脸色发黑，神情阴郁。他穿着破旧的工作服，右肩上还挂着一枚华丽的海军上将肩章，所剩无几的金色红色相间的穗带耷拉在左裤腿上。他站在原地听着。

你听着！他说，亨利再也不准踏进这个家半步。如果他见到亨利，会当场杀了他。你不知道亨利的事？？？好吧，你居然什么都不知道？什么？嗯，亨利直接升到了高层。什么高层？听着，我现在告诉你。亨利从下士升到上尉，到少校，到将军。—— 我不知道该怎么说，但敌人就是亨利，亨利就是敌人。大家都知道。

亨利：

他会杀了我，是吗?

萨宾娜：

你是谁？我不怕你，战争已经结束了。

亨利：

我很快就会杀了他。我花了七年时间找他，我杀的其他人不过是替代品。

萨宾娜：

天啊！是亨利！——

亨利做一个愤怒的手势。

噢，我不怕你。战争已经结束了，亨利·安特罗布斯，你和其他无所事事的人一样。你走吧，躲起来，等我们把你父亲安抚好。

亨利：

首先要做的就是烧掉那些旧书，就是那些旧书里的思想……造就了这个你在其中无法生存的世界。

他蹒跚着向前挪步，开始踢那些书，突然摔倒了，坐在原地。

萨宾娜：

别碰那些书！！安特罗布斯先生就等着这些书呢。—— 老天爷，亨利，你累得都已经站不起来了。你母亲和姐姐马上就过来，我们会考虑一下如何安置你。

亨利：

她们关心过我？

萨宾娜：

还是那句老话，你们都觉得自己得到的爱不够，没有人爱你。那，你变得可爱一点，我们就会爱你。

亨利：

（出离愤怒）我不想让任何人爱我。

萨宾娜：

那你就别老提。

亨利：

我从来不提。我最不需要的就是别人关注我。

萨宾娜：

你的每个字都话里有话。

亨利：

我想让所有人都恨我。

萨宾娜：

是啊，你已经决定退而求其次了，不过还是一件事。——安特罗布斯太太，亨利回来了，他已经累得站不起来了。

安特罗布斯太太和抱着孩子的格拉迪丝出现，她们穿着和第一幕一样的衣服。安特罗布斯太太的围裙里装着一些东西，格拉迪丝的肩上披着一条毯子。

安特罗布斯太太和格拉迪丝：

亨利！亨利！亨利！

亨利：

（盯着她们看）你们有吃的吗？

安特罗布斯太太：

有的亨利。我一直为今天这个日子准备着呢——两个很棒的烤土豆。不！亨利！有一个是给你父亲的。亨利！！！把另外一个土豆还给我。

萨宾娜走到他身后，把另一个土豆抢了过来。

萨宾娜：

他太累了，他不知道自己在干什么。

安特罗布斯太太：

亨利，你先在那儿休息，等我把你的房间收拾好。仔细地慢慢吃土豆，这样才能吸收到所有的营养。

亨利：

你们要知道，我回来不是为了一起生活。

安特罗布斯太太：

嘘…… 我把外套给你盖上。你的房间几乎没有一点儿损坏，足球奖杯有点儿脏了，不过我和萨宾娜明天会把它们都擦干净。

亨利：

你听到我说话了吗？我不住这儿，我不属于任何人。

安特罗布斯太太：

哎呀，你怎么能说这样的话！你当然属于这里。你还想去哪儿？我觉得你发烧了亨利，你最好把枪给我，亨利。你用不着它了。

格拉迪丝：

（低声）看，他已经睡着了，土豆才嚼了一半。

萨宾娜：

噗！全世界都害怕的人。

安特罗布斯太太：

萨宾娜，管好你自己的事，开始收拾房间吧。

亨利把脸转向沙发靠背。安特罗布斯太太小心翼翼地把左轮手枪放进她的围裙口袋里，然后开始帮萨宾娜干活。萨宾娜发现天花板上挂着一根绳子，她发出使劲儿的声音，用自己所有重量拽住绳子，她一边拽，墙壁一边开始移动回到正确的位置上。安特罗布斯太太把倒下的桌椅和沙发摆到第一幕的位置上。

萨宾娜：

就是这样——重新开始！一次又一次，总是重新开始。

她拽着绳子，又一部分墙面移回到了原位。她停了下来，沉思着。

我们怎么知道会比以前好呢？我们为什么要继续假装下去？总有一天地球会变冷，在那之前，所有这些事情都会再次发生：更多的战争，更多的冰川、洪水和地震。

安特罗布斯太太：

萨宾娜！！别议论了，继续干你的活儿。

萨宾娜：

好吧。我只是出于惯性在继续，但我不会相信了。

安特罗布斯太太：

（被激起了情绪）行了萨宾娜，我已经让你说得够多了，我不想再听你说这些了。我是需要向你解释每个人——每个维持家庭生活的人都知道的事情吗？我是必须跟你说明白那些大家可以靠眼神意会而没必要说出来的话吗？现在听我说。

安特罗布斯太太接过绳子。

我可以在地窖里住上七十年，用草和树皮做汤，也不会怀疑这个世界有它的目的，而且终会实现。你听到了吗？

萨宾娜：

（害怕）是的，安特罗布斯太太。

安特罗布斯太太：

萨宾娜，你看到这栋房子了吗——雪松街 216 号——你看到了吗？

萨宾娜：

是的，安特罗布斯太太。

安特罗布斯太太：

只要知道有这所房子在，就能明白如果我们保有理智，我们总可以做点儿什么。许许多多的人为了我们和孩子们受苦或是死去，我们不能背弃他们。所以我们要开始让这个家恢复正常：

现在，萨宾娜，去看看你在厨房里能干点儿什么。

萨宾娜：

厨房！为什么我无论走多远，总是回到厨房里?

萨宾娜下场。安特罗布斯太太还在想自己刚才说的话，放松下来，回想起了什么开始微笑。

安特罗布斯太太：

我的天哪，你们可能不知道，我父亲是一位牧师。他已经死了五千年了，刚才就好像是他自己的声音在说话。好了！我有些过头了，差点儿把亨利吵醒。

亨利：

（在说梦话）伙伴们……他们为我们做什么

了？……每一步都挡住我们的路，把一切都掌握在他们自己手里。你们一直忍着，你们什么时候才会醒过来?

安特罗布斯太太：

嘘，亨利。睡吧睡吧。——好了，这样好多了。现在我去帮帮萨宾娜。

格拉迪丝：

妈妈，我要到后院去把孩子举高高，让他知道我们再也不用害怕了。

格拉迪丝下场，往厨房走去。安特罗布斯太太看了亨利一眼，走进厨房。亨利在睡梦中抽动着身子。安特罗布斯先生上场，胳膊上挂满了包裹，正嚼着一根胡萝卜。他的脚有些跛，在第一幕的衣服外面套了一件特别长的大衣，后摆都拖在地上。他把包裹丢在地上，四处张望了一下。他的注意力集中在了亨利身上，亨利的梦话也越来越清晰。

亨利：

好！你们有什么可失去的？他们为我们做什么了？是的——什么都没有。毁掉一切，我不在乎你们毁了什么。我们会重新开始，我们会让他们看到。

安特罗布斯先生拿出他的左轮手枪，枪口向下。他背对着观众，向舞台脚灯走去。亨利的声音越来越大，他猛然惊醒。他们互相盯着对方，亨利一下子坐了起来。在接下来的这场戏中，亨利不是一个被误解和误导的年轻人形象，而是一种强大的不可化解的邪恶力量。

好！来吧。

（停顿）不要以为我怕你，做你要做的事。来啊。

（愤怒地）开枪，我让你开枪。不用觉得我们有什么关系，我没有父亲母亲，也没有兄弟姐妹，我也不想要。更重要的是，没有人能管我，我也永远不会让别人管我。我是孤独一人，这就是我想成为的样子：孤独的人。你可以开枪打我。

安特罗布斯先生：

你是我最不想见到的人。看到你就会让我所有的计划和希望枯竭。我希望现在还是战争时期，因为和你战斗比和你一起生活更容易。战争是一种乐趣——你听到了吗？——和我们现在的情况相比，战争是一种乐趣，现在却要试着去建立一个有你在其中的和平时期。

安特罗布斯先生走到窗前。

亨利：

我不会参与到你们的和平中。我要走很远的路从这里离开，去创造我自己的世界，一个适合男人生活的世界。在那里人是自由的，有机会用自己的方式做他想做的事。

安特罗布斯先生：

（注意力定住了，陷入深思，把枪扔出窗外，充满希望地转过身）亨利，我们再试一次吧。

亨利：

试什么？在这儿生活？——对所有像你这样的老人礼貌地讲话？像绵羊一样站在街角等着红灯变绿？做一个好孩子，做一只好羊，就像你那些书里写的腐烂不堪的思想？哦不，我要创造一个世界，然后让你看看。

安特罗布斯先生：

（厉声地）你连自身的秩序都无法建立，你怎么可能为人们创造一个世界？记住我的话：只要你还在把自由和自私霸占一切混为一谈，我就会和你继续战斗下去，直到我的最后一口气。我不会怜悯你，我会追着你到天涯海角。你和我想要的东西一样，但除非你明白它是每个人都有权利得到的东西，否则你就是我的死敌，我会消灭你。—— 我听见厨房里你妈妈的声音，你看到她了吗？

亨利：

我没有母亲，你记清楚了，我不属于这里。这儿没有我的事，我没有家。

安特罗布斯先生：

那你为什么来这儿？全世界都可以选，你为什么要来这个新泽西州伊克塞西尔雪松街 216 号……为什么？

亨利：

我来了又怎么样？我就是想再看一眼，想看看——

安特罗布斯先生：

噢，你是家人，好了——你妈妈进来的时候，你要表现得好一点儿。听到了吗？

亨利：

（发狂）这算什么？——要表现得好一点儿。你别对我说“你要”。

安特罗布斯先生：

安静！

安特罗布斯太太和萨宾娜上场。

亨利：

没有人可以对我说“你要”。在我的生命中，每个人都在和我作对——每个人，每件事，你们所有人。文本现在也一样，我要把手按在他的喉咙上，让他瞧瞧。

他向安特罗布斯先生走去。萨宾娜突然跳到他们中间，跳出角色身份喊了起来。

萨宾娜：

停！停！不要再演这一场了。你们都知道昨晚发生了什么。停下来。

男人们都气喘吁吁地向后退着。亨利用手捂住脸。

昨天晚上你要把他掐死了，你就像个野人一样。别演了！

亨利：

是这样的，我很抱歉。我不知道自己是怎么了。我个人对他没有任何意见。我非常尊重他……我……崇拜他。但我不知道怎么了，就好像我又变成了十五岁。我……我……听我说：以前，我父亲每个星期六晚上都会打我，把我关起来。我从来没有吃饱过，他从来不会给我钱去买像样的衣服。我没脸到城里去，也从来不去参加舞会。我父亲和我叔叔对我想做的所有事情都会限制，他们想彻底阻止我的生活。——我很抱歉，很抱歉。

安特罗布斯太太：

（很快说道）没事，你继续。把你要说的话说完，全说出来。

亨利：

这场戏让我好像又回到了高中时代。就好像我内心有一种巨大的空虚感——那种被人讨厌，处处受阻的空虚感。只剩下一个念头，那就是你必须去反击，去战斗和杀戮。就好像，你必须杀死别人，否则你就会自杀。

萨宾娜：

不是这样的。我认识你父亲和你叔叔还有你的母亲，这都是你想象出来的。为什么，他们为你付出了一切。你怎么能说这种话？他们没有把你关起来。

亨利：

有，他们有。他们希望我从来没出生。

萨宾娜：

这不是真的。

安特罗布斯先生：

（跳出了角色，有些自责，冷静且骄傲地）等等，我也有话要说。在这场戏中他想掐死我，这不完全是他的错。我也有错。除非是我身上有什么东西让他想起这些，他不会有这种感觉。他提到了一种空虚感。嗯，我也有一种空虚感。是的——工作，工作，工作——这就是我所做的一切，我已经停止了生活。难怪他会感觉到愤怒。

安特罗布斯太太：

好了！至少已经说出来了。

萨宾娜：

我们都是要多坏有多坏，这是上帝的真理。

安特罗布斯太太：

（点点头，然后上前，安静地）过来。来，用凉水洗洗脸。

萨宾娜：

（低声地）我跟他一起去，我认识他挺久了。你们得继续演下去。跟我走吧。

亨利和萨宾娜一起离开，即将下场时他转过身对安特罗布斯先生说。

亨利：

谢谢，谢谢你所说的话。我明天就没事了。我保证，不会在那个地方失控了。

亨利和萨宾娜下场。安特罗布斯先生走到前门，把门关好。安特罗布斯太太走到后面，把椅子摆到桌子旁边。

安特罗布斯太太：

乔治，我看到你一瘸一拐的？

安特罗布斯先生:

是的，有一点儿。之前战争中的旧伤又开始疼了，不要紧。

安特罗布斯太太:

（看向窗外）外面有些灯亮了——这还是七年来第一次。大家都走来走去地在围观。他们在霍金斯家门口点起了篝火庆祝和平，像稻草人一样围着火跳舞。

安特罗布斯先生:

篝火！他们是还没看够烧东西吗？——玛吉，狗是死了吗？

安特罗布斯太太:

噢是的，很早之前了。埃克塞尔西奥已经没有狗了。——你回来了！这么多年了，我都已经不再奢望能收到信了，到我手里的那几封都迟了半年多一年才寄到。

安特罗布斯先生：

是的，海里都是信，还有其他东西。

安特罗布斯太太：

乔治，坐下吧，你累了。

安特罗布斯先生：

不，你坐下。我很累，但我很焦虑。

她走上前来，他突然说道。

玛吉！我失去它了，我已经失去它了。

安特罗布斯太太：

什么，乔治？你失去什么了？

安特罗布斯先生：

一切之中最重要的东西：重新开始，重新建设一切的渴望。

安特罗布斯太太：

（坐在桌子右侧的椅子上）嗯，它会回来的。

安特罗布斯先生：

（在窗前）我已经失去它了。这一刻我感觉自己就像那些在篝火边上跳舞的人——解脱。我只是想安定下来，想回到从前的状态里，让邻居们不要踩我的草坪。——嗯，但在打仗的时候——在热血和尘土、炎热与寒冷之中——每一个白天和夜晚，我都会有一些时候，玛吉，想象着战争结束后我们可以做的事情。当你身处战争之中，你会想要一种更好的生活，当你身处和平之时，你会想要一种舒适的生活。我已经失去它了，我觉得很难受，很疲惫。

安特罗布斯太太：

你听！是宝宝在哭。我听到格拉迪丝在说话，她应该是又在安慰亨利。乔治，格拉迪丝和我住在这里的时候，我们就像老鼠一样。当我们为拯救孩子的生命而一筹莫展的时候，我们唯一坚信的就是，你会从这些痛苦中发掘一些好的东西。在夜里，在黑暗中，挨着饿，生着病，我们会小声地谈论。想想看！这些年还有什么能支撑我们活着？即便是现在，我们想要的也不是安慰，只要重新给我们那个承诺，我们可以忍受任何必要的痛苦。

萨宾娜拿着一盏灯进来。她穿着和第一幕一样的衣服。

萨宾娜：

安特罗布斯太太……

安特罗布斯太太：

什么事，萨宾娜？

萨宾娜：

您还需要我吗？

安特罗布斯太太：

不用了萨宾娜，你可以去睡觉了。

萨宾娜：

安特罗布斯太太，如果您同意的话，我想去篝火那里庆祝战争结束。还有，安特罗布斯太太，宝石电影院开了，他们向每位女士赠送一个手绘汤碗，我想我们俩应该有一个人去看看。

安特罗布斯先生：

萨宾娜，我没有钱。我已经很久没有见到钱了。

萨宾娜：

噢，不需要钱。随便给他们点儿什么就行。我有一些……一些……安特罗布斯太太，你要保证不会告诉任何人，这有点儿犯法。但我也会给你一些。

安特罗布斯先生：

是什么？

萨宾娜：

我也给你一些。昨天我捡到了很多……很多牛肉块！

安特罗布斯太太：

（转过身来，平静地说道）可是萨宾娜，你应该把它交到市中心去，他们知道谁是最需要的人。

萨宾娜：

（爆发了）安特罗布斯太太，不是我发动的战争，我不想打仗。而且在我看来，任何人在经历了我们所经历的一切之后，都有权利找到什么就抓住什么。安特罗布斯先生，您是个好人，但您在这个世界上要想过得更好，最好能明白，狗咬狗最开始就是，也永远都会是这世界的法则。现在最重要的就是——

（哭了起来）噢，我们都知道，这个世界是个可怕的地方。我曾经以为可以做点儿什么，但我现在更清楚了。我恨它，我恨它。

她慢慢走上前来，从袋子里拿出六块肉。

好了，好了。你们拿走吧。

安特罗布斯先生：

谢谢你，萨宾娜。

萨宾娜：

我可以……我可以拿一块去看电影吗？

安特罗布斯先生给了她一块，没说话。

谢谢。

安特罗布斯先生：

晚安，萨宾娜。

萨宾娜：

安特罗布斯先生，不要把我的话放在心上。我只是一个普通女孩，您懂的，我就是个普通女孩。但您是个聪明人，您是个非常聪明的人，是您发明了字母表和轮子，还有，我的上帝，好多好多东西……如果您有其他计划，我的上帝，不要让我打扰到您。我只是偶尔的，需要去看看电影，不然我的精神承受不了。不过，如果您有任何改进这个疯狂的旧世界的想法，我真心支持您，真的。因为这……这……晚安。

她走了出去。安特罗布斯先生轻声笑了起来，有一丝兴奋。

安特罗布斯先生：

现在我想起来了，当我想要把事情看清楚时，需要三件事情凑在一起。三件事，三件事。

他指着萨宾娜离开的方向。

困惑而有需求的人们提出的想法，我对你和孩子们还有这个家的想法，还有……玛吉！我没敢问你：我的书！它们没丢吧，没有吧？

安特罗布斯太太：

没有，有一些就在这儿。就是有点破了。

安特罗布斯先生：

好的。——还记得吗玛吉，有一次我们差点儿就把它们弄丢了？最后我们从地窖里收集了一些残篇，它们就像火一样点燃了每个人的头脑。是这些书重建了世界。

（停顿，手里拿着书，抬起头来）哦，我不应该忘记生存就是一场战斗。我想这世上每一样美妙的、杰出的事物，其实每时每刻都处在危险的边缘。要保护它们我们就必须战斗，我们要为了保护我们的土地、我们的家庭、我们的国家而战斗。我唯一的心愿就是重建一个新的世界，上帝已经答应了。他也给了我们——

（打开书本）话语来引导我们，给了我们失败的教训来警示我们。玛吉，你和我，愿我们在和平的岁月里也不要忘记战争所留给我们的宝贵教训。我们经历了许多，学到了许多，我们仍然在学习，这就是我们一路走来的记录。

（站在桌旁，翻动着书页）在战争中，有时我整夜站在山上，试图回想起这些书中的话，有些语句和段落会浮现在我的脑海里，后来我给这些夜里的时间点都起了名字。

（坐在那里，在书中寻找着某篇文章）我给九点钟命名为斯宾诺莎。它在哪儿："在经验使我明白——"

后方的墙壁消失了，露出了平台。弗雷德·贝利举着他的数字从左到右走过。安特罗布斯太太坐在桌边缝衣服。

贝利：

在经验使我明白，日常生活中所见的一切都是徒劳无益之后，我看到自身欲望与恐惧的对象本身并无好坏之分，只是心灵受到了它们的影响。我最终决定去探寻，对于人类是否存在真正良善且可被交流之事物。

紧接着，赫斯特举着一个大的数字“10”走过平台。格拉迪丝出现在厨房门口，向母亲的椅子旁边走去。

赫斯特：

那么告诉我，克里提亚斯啊，一个人将如何选择治理自己的统治者？他难道不是要选择一个首先建立了自身秩序的人吗？因为他知道任何源于愤怒、骄傲或虚荣的决定，在公民中的影响都会增加上千倍。

赫斯特消失，艾薇代表的十一点钟开始说话。

艾薇：

这种充满能量掌控目标的心灵完满状态，我们称之为神性。我们凡人身上偶尔会有，这种能量也是最愉悦美妙的。上帝总是拥有它。这在我们身上是很好，但在他身上则更为奇妙。

特雷梅恩先生开始说话时，亨利出现在舞台的边缘。他沉思着，虽不合群，却也在场。

特雷梅恩：

起初，神创造天地。地是空虚混沌，渊面黑暗。神说要有光，就有了光。

光突然熄灭，一片寂静，午夜钟声敲响最后几下。然后灯光突然亮起，萨宾娜站在窗边，就像演出刚开场时一样。

萨宾娜：

噢，噢，噢！六点了，主人还没回来。上帝保佑他在穿过哈得逊河的时候可别出什么事。不过我也不意外，整个世界现在都乱七八糟的，这房子居然一直都没塌，对我来说也是个奇迹。

（走到了舞台脚灯前）这是你们刚开始看到的地方。我们还要这样下去，一直这样下去。

你们回家去吧。这出戏的结局还没有写好。

安特罗布斯先生和太太！他们满脑子都是计划，就像起初第一天一样充满自信。——他们让我对你们说：晚安。

——剧终——

后记

总览

1940 年 6 月 24 日，桑顿·怀尔德在麦克道威尔文艺营开始创作《九死一生》（当时名为《世界的终结》）；文艺营位于新罕布什尔州的彼得伯勒，供艺术家和作家们在此闭关，三年前《我们的小镇》也是诞生于这里。怀尔德正在寻找一种方式来见证日益陷入战争的世界，他从詹姆斯·乔伊斯那里得到了一些启发，在《芬尼根守灵夜》中，“古代人正是现代人的分身”。怀尔德在 1940 年 7 月 6 日的日记中写了这样一段话：“过去这一年，我经手了一个又一个题材，全都废了，这个能发展下去吗？”它确实发展了下去，尽管其中不乏令人灰心的和戏剧性的时刻——对这部作品来说倒是应景。

1940年秋天，怀尔德离开有相熟之人的地方，在魁北克弗朗特纳克城堡待了将近三个月，完成了前两幕的大部分工作。值得一提的是，他那时那刻就生活在已经正式参战的加拿大人中间。11月13日，他写信给经纪人："还不敢说太多；在我看来这出戏很精彩。前两幕已经写完了，最快也许12月10日就能全部完成，在我带着完整的剧本回来之前，任何消息不要外传。"

但他没能如期完成剧本。12月14日离开魁北克前夕，怀尔德给自己之前的学生，同为剧作家的罗伯特·阿德雷（Robert Ardrey）写信说："新剧本到底还是没写完，哎呀。我也不知道自己都在干什么，就是一直在努力让剧本成形——这个想法很好，但实践起来太难了。"

最后直到1942年1月1日，怀尔德才把最难写的第三幕（关于战争的一幕）完成，交给他选定的导演杰德·哈里斯（Jed Harris）。在全剧完成创作之前的时间里，怀尔德还做了不少值得纪念的事，也分了不少心。其中包括在国务院安排下到拉丁美洲进行了为期三个月的文化友好访问，在芝加哥大学的夏季学期教了双倍量的课程，以及秋天时作为美国代表到伦敦参加国际笔会。最后这项任务让他有机会目睹战争带来的损失，他在英格兰和苏格兰与勇敢的平民们、战士们和飞行员们进行了交流。这些经历让怀尔德开始构思剧本的结尾，应该对人类的生存充满希望，但不能“老套”或者“不疼不痒”，他当时用的是这两个词。直到该剧排练期间，他还在寻找结尾的方式，在最后一刻他加上了乔治·安特罗布斯在剧中的最后一段讲话：“我们经历了许多，学到了许多，我们仍然还在学习……”1943年4月12日，该剧在百老汇上演五个月后，怀尔德给他最亲密的朋友艾米·韦特海默（Amy Wertheimer）写信谈及这段讲话的来龙去脉：

我一直觉得人类文明发展得非常缓慢，但我也一直确信，我对人类失败的“宽容”要比大多数“乐观主义者”更有信心。当我刚开始创作《九死一生》时，并没有安特罗布斯先生在结尾处的那段“人类不断向前发展”的讲话。这个主题在剧中无处不在，不需要讲出来，我认为这是不言而喻的——我对人类有这样的信心。但越来越多的早期读者都觉得这部剧充满“失败主义”，所以我把寓意清清楚楚、明明白白地表达了出来。

怀尔德希望杰德·哈里斯来担任《九死一生》的制作人和导演，哈里斯曾经制作和导演了《我们的小镇》，但他拒绝了。于是怀尔德将制作交给了迈克尔·迈尔伯格（Michael Myerberg），他是一位娱乐投资人，曾经担任过莱奥波德·斯托科夫斯基（Leopold Stokowski）的经纪人。怀尔德五年前与迈尔伯格偶然相识，他并不觉得迈尔伯格缺乏百老汇经验是个劣势。正相反，他会做出这个不同寻常的选择，是因为他曾和自己的代理律师预言过这部剧“可能涉及一段复杂的历史”，除了哈里斯之外，没有哪个百老汇制作人能公平地对待这部作品。怀尔德的想法是对的。

正如怀尔德所期待的那样，迈尔伯格的制作充满新鲜的活力。他选择了令人激动的年轻导演伊利亚·卡赞（Elia Kazan）和一众十分优秀的演员：弗雷德里克·马奇（Frederic March）和弗洛伦丝·埃尔德里奇（Florence Eldridge）扮演安特罗布斯夫妇；蒙哥马利·克利夫特（Montgomery Clift）和弗兰西斯·海夫林（Frances Heflin）扮演亨利和格拉迪丝；弗洛伦丝·里德（Florence Reed）扮演预言家；已是传奇明星的塔卢拉·班克海德（Tallulah Bankhead）扮演萨宾娜。然而复杂状况接踵而至，迈尔伯格专横强势、喜怒无常，在财务支出和人员管理上都很不近人情。再加上班克海德性情多变，让演员们和作者还有代理人们的日子十分不好过。

幕后的不良情绪起初并没有影响到作品质量。《九死一生》的演出受到了媒体好评，在纽黑文、巴尔的摩、费城和华盛顿四个城市进行的四周试演也都座无虚席。《综艺》杂志认为它“很迷人，但也令人感到迷失、迷惑和迷茫”。要是记者用了“不安”这个词，他就等于拿到了怀尔德独家评论——就在排练开始不久后，怀尔德给家人写信说道：“我认为这是一部很好的剧，但对于剧场观众来说它在创作上太大胆了，很可能会让人感到困惑和不安，而不是开心和感动。”

它确实让人感到不安。在百老汇的传闻中就有这样的故事，出租车早早排起了队，等着抢那些《九死一生》中场离席的观众的生意。据宣传人员理查德·马尼（Richard Maney）说，1942 年 10 月 15 日在纽黑文的舒伯特剧院进行全球首演时，有十五名观众提前退场。迈尔伯格希望为观众提供更多的介绍来遏制这种情况，于是让马尼写了一篇剧情简介插在演出册子中。从第二场演出起，观众就能读到介绍了：

《九死一生》是一出喜剧，主人公有乔治·安特罗布斯、他的妻子和两个孩子，还有女仆莉莉·萨宾娜，他们都住在新泽西州的埃克塞尔西奥。乔治·安特罗布斯就是某某人或者乔治·斯佩尔文[1]或者你我——一个普普通通，与命运搏斗的美国人，有时痛苦，有时幸福。安特罗布斯一家经历了火灾、洪水、瘟疫、七年之久的蝗灾、冰河时期、天花病毒以及同样糟糕的很多场战争和很多次的大萧条。他们什么都经历过，也都经受住了，赤手空拳却依旧乐观地期待着未来。他们有时受到蛊惑，稀里糊涂，停滞不前，他们是英雄，也是小丑，是亚当和夏娃真正的后代，是肉身所继承的一切弊病的受害者。他们在无数次的灾难中九死一生幸存下来，怀尔德先生的戏剧是对他们的无坚不摧的赞美。（怀尔德认为这段描述很好，这段话自此成为该剧演出版文本的一部分。）

1 乔治·斯佩尔文是美国戏剧演出传统中的一个经典假名。

在其他地方取得成功并不能保证在百老汇同样成功，但1942 年 11 月 18 日在纽约普利茅斯剧院首演的《九死一生》是成功的。除了极少数例外，演出收获了大量好评，其中不乏热烈的赞美："戏剧界的一颗重磅炸弹。"——《生活》杂志；"让观众拥有了触电般的体验。"——《纽约先驱论坛报》；"毫无疑问是这个演出季的超级创新作品。"——《纽约日报》。两位很有影响力的评论家布鲁克斯·阿特金森（Brooks Atkinson）和亚历山大·沃尔科特（Alexander Woollcott）都对这部作品做出了评价。阿特金森在《纽约时报》上写道："长久以来最聪明、最活泼的喜剧之一。"怀尔德的朋友沃尔科特则称《九死一生》是"美国戏剧界迄今为止最接近伟大作品的戏剧"。当然也有批评家持反对意见，基本都是说这部剧华而不实。《时代》杂志说："（这出戏）主题讲得花里胡哨，却没什么戏剧性。"《公益》的剧评人说："太直白，太花哨，文本太煽情。"

对于戏剧演出来说，票房说明一切。公演的前五个月，《九死一生》每周票房几乎都不会低于 20 000 美元——基本都是售罄。在 3、4 月这样的淡季，每周票房也只下降了几千美元（在 16 000 至 18 000 美元之间）。1943 年 5 月该剧荣获普利策戏剧

科特（Elizabeth Scott）取而代之。票房很惨淡，《综艺》杂志的记者写道：“对于一路以来了解这部剧各种变化的人来说，突然水准大跌并不令人意外。”

《九死一生》早早收场，带来的其中一个结果就是业余演出团体的版权早早就放了出来。从 1944 年开始，《九死一生》在高中、大学和社区戏剧团体中一直非常受欢迎。1945 年，劳伦斯·奥利弗（Laurence Olivier）执导了伦敦版的演出，由妻子费雯·丽（Vivien Leigh）饰演萨宾娜，这也是最知名的一个英国演出版本。最后，我们不要忘了，在“二战”之后的几个民间制作版本中，怀尔德自己扮演了乔治·安特罗布斯，在斯托克布里奇的伯克希尔戏剧节、马萨诸塞州科哈塞特的南岸剧团，还有康涅狄格州西港的西港乡村剧团的表演中留下了珍贵的瞬间。

正如怀尔德在《戏剧三种》（1957 年）的序言中指出的那样，《九死一生》在战后的德国引起了特殊的共鸣。1946 年 3 月 31 日，首个德语制作版本在受到战火摧残的达姆施塔特上演。到 1949 年 11 月，这部剧已经在德国的东部和西部演出了 501 场，由 15 家不同的公司带到了德国 30 个城市。到 20 世纪 40 年代末，因为作品宣扬资产阶级价值观，包括《九死一生》在内的怀尔德所有作品在苏联和包括东德在内的大多数东欧国家被禁。

《九死一生》有过几个电视版本，包括 1952 年普利策奖剧团的制作（怀尔德本人是该剧的顾问）和 1983 年环球剧院的重点项目 PBS“美国剧团”版本。

总而言之，《九死一生》—— 常常被认为是非常有美国特色的作品，它充满热情、趣味十足，看好人类的能力 —— 是世界范围内一部成熟的、经典的作品。即便它曾经在演出结束时令很多观众感到困惑，在不断改变着的全球化社会中，《九死一生》在世界各地有了更多的演出者和观众，凭借其自身的戏剧性和人文内核，仍然在持续产生影响。知名出版人和专栏作家贝内特·瑟夫（Bennett Cerf）在他 1958 年 12 月 29 日的“试着阻止我”专栏中这样写道：

桑顿·怀尔德的戏剧《九死一生》让聪明人看得很开心，但对于那些“疲惫了一天只想在晚上找点乐子的上班族”来说真的太难懂了。这样的一位先生会在谢幕时对妻子说：“你能给我讲讲这出戏到底想干什么吗？”

“怎么了乔治，”她说道，“怀尔德想创造一个缩影，让我们看到人类从起初到现在所遇到的问题和困境。”

“得了，”丈夫嘟囔着，“肯定不止这样。”

塔潘·怀尔德[1]

加州索萨利托，2019年

阅读资料

日记记录

怀尔德在日记中写下了在第三幕创作时持续面临的问题，他想在第三幕中采用自己1931年独幕剧《希亚瓦萨号列车》中使用的技巧。1941年12月2日，他到佛蒙特州内斯霍贝岛参观亚历山大·沃尔科特的隐居地时，留下了这样的文字记录。

又卡住了，太可怕了。上个月在纽黑文，我弄完了第一幕

1 Tappan Wilder，桑顿·怀尔德的侄子，作家，也是怀尔德的文学遗产执行人。——译注

和第二幕——可以说，除了第二幕中的一小段之外，都已经完成了，而且很不错——但我写了一个“贯穿”的第三幕，不太对。

对《希亚瓦萨号列车》素材（首次发表于1931年《漫长的圣诞晚餐及其他独幕剧》中，在剧中“分钟”是闲聊的人，“小时”是哲学家，“年”是神学家）的运用：（1）拖沓得难以忍受；（2）与上下文没有足够的联系；（3）并没有正确表达出这一幕的核心意图——顺便说一下，这个意图是拯救文化传统吗；还有（4）看起来像一个伪高潮。

回到最初的准则：要讲述人类的忍耐、目标和慰藉，应该讲些什么？到目前为止，我想说的是，他的孩子们，还有他头脑中的创造力，一直以来促使他更好地适应和生存下去。在第三幕中，我想说的是，前人们那些伟大著作中所包含的思想就萦绕在他周围，为他指明方向，带来鼓舞。

1. 我相信这些吗？

2. 我找到戏剧化表达的方式了吗？

3. 这是否足以成为整部戏的高潮？

一条条来看。（1）我的确相信。唯一的问题就是，迄今为止的大部分作家都会在这一点上增加宗教意义。我并不是要否认这其中的宗教意义，而是它断断续续地呈现出来，过于个人化而无法加入现有的结构中。(2)大师们的思想和书籍是人类前进的动力，这句话很难以戏剧的方式呈现出来。使用《希亚瓦萨号列车》处理方式的缺点是:(a)说"'小时'是哲学家"，容易变成一种可爱的幻想，而非鲜活醒目的比喻；还有(b)……我找不到适合的哲学家语录，可以简洁有效地表达我在这里的想法。

总而言之，我已经像往常一样开始了删减工作。删掉了"这座房子里去世的那些人"——大家已经看够了安特罗布斯一家之前的那些普通人。自然史也删掉了，虽然可能有些用处，倒不是提供一个看到周身世界的视角，而是让星星、小时与哲学家、艺术家的联系更容易懂。我删掉了各种对于时间点的暗示——有一部分原因是很难选择具体的一天。如果我要保留"小时—哲学家"的设计，就应该在这一幕开场多提到安特罗布斯先生的书。

是不是可以让父子之间的争吵集中在亨利对父亲那些书的蔑视上？因为他觉得是那些书把他父亲引入了歧途？

战争中的国家

1941 年秋天，怀尔德从伦敦到布里斯托再到格拉斯哥，在英国进行了一个月的旅行。回国后，他在 NBC 广播电台谈及自己对英国的印象，并在《耶鲁评论》上发表了一篇题为“英国之行归来”的文章，以下段落摘自其中。

有时我觉得自己就像个路人，不小心闯入了一个正在上演戏剧的舞台。每一个高度戏剧化的情节我都看得很清楚，但演员们似乎并不明白。然后我突然意识到，是我迟到了；在这部剧刚开始的时候，已经通过某个场景展现了这些人物在特定情境下的深刻特质，之后也没必要再去提起；因为只是提及是不够的，只会对人物造成干扰。灵魂的流动都藏在日常生活背后，新来的人只有仔细观察，才能意外发现他们之间交流的眼神或姿态中，都暗藏着曾经的誓言和他们共同经历过的痛苦……

过度强调遇到的一些困难——即便在没有遇到危机和混乱的国家，这些困难也很常见——对英国来说不公平，他们在前所未有的空袭危机中，取得了民防上的伟大的成就。如果对这些视而不见，就会忽略掉当今民众状态中一个重要的新因素。英国人的精神气质中最重要的一点就是团结和毅力，这体现在所有公民在紧急情况的自我克制与合作。在一家生产飞机精密仪器的工厂里，工人们连续三个周末都没有休息，人们怀着期待相信最后都会好起来。在这之前的星期五，他们在中午时分被召集到一起，聆听两名曾超过三十次进入敌方领土的空军飞行员讲话。飞行员向大家解释了对这几百个零件的需求的紧迫性，因此希望工厂不要停工，他们能够继续干活。工人们都留了下来。在苏塞克斯郡一座历史悠久的庄园里，一位来自梅菲尔的女士亲自给奶牛挤奶，搅拌黄油，在朋友的帮助下做了六人份的晚餐。

敌人首先展示了什么是全面战争——每一位公民都投入到针对敌国每位公民的活动中。英国向我们表明，德国人先是用花言巧语，最后用威逼胁迫想要达到的目的，一个民主国家借由冷静的头脑和自由意志就可以实现。

对演出的看法

1942 年 11 月，在《九死一生》纽约首演前不久，已经身为空军情报官的怀尔德通过经纪人哈罗德·弗里德曼（Harold Freedman）给迈克尔·迈尔伯格（制作人）、伊利亚（“盖奇”）·卡赞（导演）和妹妹伊莎贝尔（他的代理人）发送了关于演出的笔记。他的记录于 1942 年 11 月 24 日从华盛顿斯波坎寄出，以下段落节选自其中。

关于《九死一生》演出的记录。（哈罗德，你能不能请秘书把这些打出来，然后给迈克尔、盖奇和我妹妹寄送副本，因为我没时间给每个人写一份。）

首先，非常感谢所有相关人员为演出所做的一切。以下是一些我认为可以优化的点，当然我对已完成的内容抱有非常非常多的感激。

对我来说，目前这个版本唯一真正的缺陷是太——匆——忙。第一幕中，从安特罗布斯先生出场开始，节奏就缺乏变化。从头到尾急急忙忙，既妨碍了这部剧严肃一面的呈现（为第三幕的调性变化做准备是很有必要的），也妨碍了冰山到来后可能出现危险引起的真正紧张感。

举个例子：单调又忙乱的舞台节奏使得安特罗布斯太太

得不到任何关注，“不，他们好得不得了，我今天还没发过火呢”；当安先生与动物们互动时，夫妻之间的交流也没有得到关注。（他一直在让猛犸象保持安静——他是那种状态越来越糟糕的人。）这段对话应该带有不祥的预感，有真正的停顿，以及高潮时充满暴力情绪——“太阳越来越冷，我能怎么办？”

当安先生说到——“是啊，是个傻子都能玩”之类的话，要给他留出一个时刻，是内向的、退缩的、沉思着的。

“亚伯——我的儿子——我的儿子——亚伯”这段我希望能遵循最初的舞台提示——她站起来，又坐下，站起来……给演员一些时间，让这些事件激发出合理的最大效果。

亨利拿着椅子之类的东西从楼梯上下来时，在关键时刻分散了观众的注意力。

弗莱迪坐在椅子上的绝望时刻和燃起火堆的段落都表现得很出色，不过如果他的气势能不那么的咔咔咔的顺畅，效果可能会更强烈。如果他愿意的话，让他在这些时刻用更长时间的停顿来准备。

正如阿瑟·霍普金斯（Arthur Hopkins，一位欣赏该剧并与怀尔德相识的制作人和导演）在第一幕结束时所说的那样——“大家好像对这部剧没有信心”——急急忙忙地表演，觉得最多就是能让观众笑几声罢了。

争议：剧作家终于发声

约瑟夫·坎贝尔和亨利·莫顿·罗宾逊提出指控时，怀尔德已经是公认的研究乔伊斯《芬尼根守灵夜》的专家，他对这部作品的专业解析在文学界广为人知。以下是他写给《星期六文学评论》编辑的信件全文，但他没有在第一篇指控文章发表时寄给编辑，因为，他觉得自己的反驳只会导致更多的指责和辩论。这封信是在怀尔德的档案中发现的，于1999年首次发表。

致《星期六文学评论》的编辑

亲爱的先生：

非常感谢您的来电，《评论》中的文章指出我的剧本《九死一生》和詹姆斯·乔伊斯的小说《芬尼根守灵夜》有些若有似无的相似之处，我明白您想让我对《评论》中的这个观点给出反馈。

我曾经在全神贯注解读乔伊斯的小说时，有想过其中一个层面可以用戏剧形式来表达：同时叠加不同年代的时间来表现人类漫长的历史。我甚至用乔伊斯的人物和地点写了个构思，但很快就放弃了这个计划。这部小说情节稀薄，加上梦魇中充满了变形的语言，使得戏剧化改编几乎不可能实现。然而，在多层重叠的时间下来看待人类和家庭——我自己的这个想法开始持续发展起来。如果主题是历史性地看待人和家庭，必然会有神话元素。没必要到乔伊斯的小说中去寻找亚当、夏娃、该隐、亚伯、莉莉丝和诺亚这些主题。

不过，从乔伊斯那里，我有了这个“古代人正是现代人的分身”的想法。《芬尼根守灵夜》里有四个基础层面的表达，它们并不是我想要的，在我的剧本中也没有出现。乔伊斯的小说主要是关于原罪和它对良知的影响，书中反复出现的名言是圣奥古斯丁的“哦幸运的罪过！”。我也不会使用它的第二主题，即詹巴蒂斯塔·维柯关于人类文明周期性重复的理论。我也没考虑过它的文学意图，乔伊斯为表现睡眠中的思想而找到了一种特殊方式，即著名的“夜的语言”。还有他次要的文学意图，通过双关和口误，来表现同时存在且往往相互矛盾的多层心理活动。这部作品的这四个基本层面正是它的伟大之处，如果我能够把哪怕其中之一搬到舞台上，我也一定会这么做，而且在整个过程中遵守我的各项义务。

我的剧本从开始创作，就关注的是与乔伊斯毫无关系的一些内容。这部剧的主题是关于战争和连绵灾难之中永恒的家庭。我逐渐找到方式来戏剧性地呈现这样的想法：那些伟大的“未读”经典，即便人们不去阅读，也为人们提供着支持与鼓舞。最主要的是，这部作品始终坚持着其戏剧性，从而成就了它独立的存在。为了完成戏剧化，甚至内容始终都有被戏剧手段掩盖的风险。我认为在所有文学作品中，没有比《芬尼根守灵夜》离戏剧形式更远的小说了。

《评论》中的文章作者列出了一长串相似之处。只有那些仔细研读过这部小说的人，才能意识到文章作者们是多么耐心地在梦一般的文本中寻找巧合，将它们与毫不相干的既有戏剧素材对应起来，真令人惊讶。玛吉·厄尔威克埋在屋后垃圾堆里的信，变成了玛吉·安特罗布斯扔过观众头顶丢进海里的那封自尊自证的信件？好吧，可以想象世界上所有的玛格丽特都写过对自己来说很重要的信。在小说最精彩的章节中，安娜·利维亚·普卢拉贝尔，既是河流也是女人，寻找火柴和一些泥炭来给她丈夫热晚饭。文章的作者引用了这个段落，然后告诉读者们，这很像安特罗布斯太太和萨宾娜请求大家提供燃料来保持房子的温度，以抵御即将到来的冰川。通过这样的方法，作者们大概可以从《查泰莱夫人的情人》中引申出“小小姐”。自从批评家们开始将书籍视为一种商品而非情感表达后，书呆子们就像蚂蚁一样收集着零星碎片，完全误解了文学影响的本质。

如果是一群文化圈人士向我表明，我的戏剧与乔伊斯的小说如此相近，因此我应该在演出的节目册上向乔伊斯致谢，我很愿意接受他们的建议。我以前曾两次写过这样的说明——一次是在《安德罗斯的女人》中，尽管特伦斯的闹剧已经被改成了反思性的悲剧；另一次是在《扬克斯的商人》中，尽管其主要人物根本没有出现在奥地利的原型故事中。不过在这个问题上，我的顾问们能做出的第一份证明就是，他们已经详读了乔伊斯那密密麻麻大部头的全部六百页，并发现它与我的三幕喜剧完全不同。

您真诚的

桑顿·怀尔德

华盛顿

1942年12月17日

关于乔伊斯

怀尔德为何如此推崇乔伊斯和《芬尼根守灵夜》？1954年2月2日在纽约举行的詹姆斯·乔伊斯学会会议上，怀尔德发表了题为“乔伊斯与现代小说”的演讲，以下内容节选自这次演讲，可以为我们提供一些线索。

首先，我们要在神话中寻找自己的位置。神话是人类的梦想之魂，讲述着人类的故事。现在，人类的梦想之魂已经讲了一个又一个世纪，已经有几十亿个故事了，而他们还在讲述着。火车站里卖的每一本小说，都是人类的梦想之魂在讲述它的故事。但是，神话是数十亿故事中汰选出来的，大部分已经被遗忘了，没有存在的机会。每个人都在复述这些故事，因为它们悄然证明着自己——它们各自有其意义——普罗米修斯、卡珊德拉、俄狄浦斯、堂吉诃德、浮士德。

乔伊斯不仅借鉴了神话；他把历史当作神话。他创造了一个可以是“人人”的主人公，为了向我们展现他，乔伊斯在神话和历史的长卷中游走，就像在键盘上演奏。

《芬尼根守灵夜》的主人公是所有文学作品中最“概括”的一个人物，但他也是一个独立而有个性的人。他就在都柏林城边的小酒馆楼上的床上，我们能听到并看到他，他在为白天所犯下的——可能有些是想象出来的——一些模棱两可的错误而受到良心的谴责。他感到羞愧，把自己看作从天堂坠落的路西法、被逐出伊甸园的亚当、在滑铁卢战败的拿破仑，在古老民谣中守灵的芬尼根。这是一本“堕落之书”，随着夜幕降临他陷得更深，想起了人类所能犯下的所有罪行；他接受了审判（夜空中的星就是审判者），他为自己辩护和辩解。最终黎明到来；太阳照亮了厄尔威克家卧室的横梁。最后一章是亨德尔式的灿烂阳光；世界上所有关于复活的神话，伴随着皮尔斯肥皂广告、路过的火车和送奶工的声音被唤起。凤凰重生；人人都重新醒了过来。

图书在版编目（CIP）数据

九死一生 /（美）桑顿·怀尔德著；黄七阳译．—
广州：广东人民出版社，2024.8
书名原文：The Skin of Our Teeth
ISBN 978-7-218-17344-3

Ⅰ．①九… Ⅱ．①桑… ②黄… Ⅲ．①喜剧—剧
本—美国—现代 Ⅳ．①I712.35

中国国家版本馆 CIP 数据核字（2024）第 011249 号

JIUSI YISHENG
九死一生
［美］桑顿·怀尔德 / 著　黄七阳 / 译

出 版 人： 肖风华

责任编辑： 李幼萍　刘志凌
特约编辑： 刘美慧　范亚男
责任校对： 李伟为
装帧设计： 崔晓晋
责任技编： 吴彦斌

出版发行： 广东人民出版社
地　　址： 广州市越秀区大沙头四马路 10 号（邮政编码：510199）
电　　话：（020）85716809（总编室）
传　　真：（020）83289585
网　　址： http://www.gdpph.com
印　　刷： 广东信源文化科技有限公司
开　　本： 787mm × 1092mm　1/32
印　　张： 8.625　**字　　数：** 134 千
版　　次： 2024 年 8 月第 1 版
印　　次： 2024 年 8 月第 1 次印刷
著作权合同登记号： 图字 19-2024-042 号
定　　价： 42.00 元

如发现印装质量问题，影响阅读，请与出版社（020-85716849）联系调换。
售书热线：020-87716172